DE LOS NOMBRES DE CRISTO

De los
nombres de Cristo
Libro primero

FRAY LUIS DE LEON
(1527-1591)

Fray Luis de León nació en Belmonte de la Mancha, en agosto de 1527, y murió en Madrigal de las Altas Torres, el 23 de agosto de 1591. A los 16 años ingreso, al parecer por vocaión, en la Orden de los agustinos, en Salamanca, ciudad en la que estudió, enseño y realizó la mayor parte de su actividad intelectual. Por su dominio del griego, el latin, el hebreo y el arameo, por su extraordinaria erudición literaria, filosófica y teológica, y, en fin, porque su sincera devoción religiosa, no le impidió tener una actitud independiente y un espíritu libre de prejuicios, puede decirse que Fray Luis, además de un genio de las letras, es el máximo representante español de la cultura del Renacimiento y el único que, por el impecable equilibrio entre la hondura del pensamiento y la perfección formal, merece ser llamado verdaderamente clásico.

Cuando en 1571 obtuvo la cátedra de Teología de la Universidad de Salamanca, hasta entonces en poder de los dominicos, se ganó el odio de esta Orden, que terminó por llevarlo a la cárcel junto con dos teólogos amigos suyos, que sustentaban sus mismas ideas. Entre otros crímenes, se acusaba a Fray Luis de ser judaizante, porque, se dijo, entre sus antepasados había algún judío converso, porque prefería el texto hebreo de la Biblia a su versión en latín, la *Vulgata*, debida a San Jerónimo, y porque había traducido al castellano el texto original del *Cantar de los cantares*, cosa prohibida por la Iglesia. Cinco años estuvo Fray Luis encerrado en una dura prisión, y en una de las paredes de su celda dejó escritos los siguientes versos: Aquí la envidia y mentira / me tuvieron encerrado. / Dichoso el humilde estado / del sabio que se retira / de aqueste mundo malvado, / y con pobre mesa y casa / en el campo deleitoso / con solo Dios se compasa, / y a solas la vida pasa / ni envidiado ni envidioso. Al recuperar su cátedra, después de salir de la cárcel, comenzó su lección con estas célebres palabras: Dicebamus hesterna die (Decíamos ayer).

Si la obra de Fray Luis compuesta en un tan irreprochable como fríamente elaborado latín es mucho más valiosa, y es por ella que Fray Luis de León puede ser considerado como uno de los más grandes escritores de la lengua española, tanto en verso como en prosa. Es verdad que su fama se debe principalmente a sus poemas, pero no es menos cierto que *La perfecta casada*, la *Exposición del libro de Job* y, sobre todo, *De los nombres de Cristo* hacen de Fray Luis uno de los mayores prosistas de los Siglos de Oro.

Platónico ferviente, Fray Luis, para escribir *De los nombres de Cristo*, se inspira en los diálogos del gran filósofo griego y compone su obra como una conversación, desarrollada en tres partes, entre tres amigos, Marcelo, Juliano y Sabino, el primero de los cuales representaria al propio Fray Luis, aunque también es posible que, como sostiene Karl Vossler, cada uno de ellos encarne un rasgo de la personalidad intelectual del escritor : el teólogo en Marcelo, el escolástico en Juliano y el poeta en el joven Sabino. El primer diálogo, que abarca todo el Libro primero, transcurre, durante la mañana del día de San Pedro, en la huerta de la granja de La Flecha - lugar de descanso de los monjes agustinos en las afueras de Salamanca - de la que Fray Luis hace, en prosa, una descripcióm no menos admirable que la que habia hecho en los versos de su oda *A la vida retirada*.

Al comentar la importancia de los nombres en general, y, después, la de los seis de Cristo que figuran en este Libro primero, Fray Luis demuestra ser, además de un profundo teólogo y excepcional poeta lírico, un verdadero artifice de la lengua castellana, a la que hace competir sin desventaja con sus grandes modelos griegos y latinos. Es importante, por eso, transcribir parte de lo que Fray Luis dice sobre este tema en la Dedicatoria del Libro tercero : En lo que toca a la lengua no hay diferencia : ni son unas lenguas para decir unas cosas, sino en todas hay lugar para todas... que las palabras no son graves por ser latinas, sino por ser dichas como a la gravedad conviene, o sean españolas, o sean francesas. Que si, porque a nuestra lengua la llamamos vulgar, se imaginan que no podemos escribir en ella sino vulgar y bajamente es grandisimo error. Que Platón escribió no vulgarmente ni cosas vulgares en su lengua vulgar : y no memores ni menos levantadamente las escribió Cicerón en la lengua que era vulgar en su tiempo.

[APROBACION]

Por orden de los señores del Consejo de su Magestad vi y examiné un libro intitulado de los nombres de Christo, que compuso el muy reverendo padre maestro fray Luis de León, de la Orden de San Agustín. Y me parece que no sólo no tiene cosa que sea contra la fe y buenas costumbres, más que como digno de tal author está lleno de erudición y doctrina, y será de mucha consolación para los devotos Christianos, y así que se le debe dar licencia para que salga a luz y todos gocen dél. Fecha en nuestro Colegio de la Compañía de Jesús desta Corte, a 20 de abril 1583.

El Doctor Ramírez.

[LICENCIA]

Su Magestad concede al maestro fray Luis de León por su privilegio que por espacio de diez años él o quien su poder oviere, y no otro alguno, imprima los libros intitulados *De los nombres de Christo y La perfecta Casada*, so las penas contenidas en dicho privilegio. En 5 de junio 1583.

A don Pedro Portocarrero, del Consejo de Su Magestad y del de la Santa y General Inquisición.

[DECICATORIA]

[La Lección de las Escrituras. —Ocasión y motivo de escribir esta obra.]

De las calamidades de nuestros tiempos, que, como vemos, son muchas y muy graves, una es, y no la menor de todas, muy llustre Señor, el haber venido los hombres a disposición que les sea ponzoña lo que les solía ser medicina y remedio ; que es también claro indicio de que se les acerca su fin, y de que el mundo está vecino a la muerte, pues la halla en la vida.

Notoria cosa es que las Escrituras que llamamos Sagradas las inspiró Dios a los Profetas, que las escribieron para que nos fuesen en los trabajos de esta vida consuelo, y en las tinieblas y errores de ella clara y fiel luz, y para que en las llagas que hacen en nuestras almas la pasión y el pecado, allí, como en oficina general, tuviésemos para cada una propio y saludable remedio. Y porque las escribió para este fin, que es universal, también es manifiesto que pretendió que el uso de ellas fuese común a todos ; y así, cuanto es de su parte, lo hizo, porque las compuso con palabras llanísimas y en lengua que era vulgar a aquellos a quien las dió primero.

12

Y después, cuando de aquéllos, juntamente con el verdadero conocimiento de Jesucristo, se comunicó y traspasó también este tesoro a las gentes, hizo que se pusiesen en muchas lenguas, y casi en todas aquellas que entonces eran más generales y más comunes, porque fuesen gozadas comúnmente de todos. Y así fué que en los primeros tiempos de la Iglesia, y en no pocos años después, era gran culpa en cualquiera de los fieles no ocuparse mucho en el estudio y lección de los Libros divinos. Y los eclesiásticos y los que llamamos seglares, así los doctos como los que carecían de letras, por esta causa trataban tanto de este conocimiento, que el cuidado de los vulgares despertaba el estudio de los que por su oficio son maestros, quiero decir, de los perlados y obispos ; los cuales, de ordinario en sus iglesias, casi todos los días declaraban las Santas Escrituras al pueblo, para que la lección particular que cada uno tenía de ellas en su casa, alumbrada con la luz de aquella doctrina pública y como regida con la voz del maestro, careciese de error y fuese causa de más señalado provecho. El cual, a la verdad, fué tan grande cuanto aquel gobierno era bueno ; y respondió el fruto a la sementera, como lo saben los que tienen alguna noticia de la historia de aquellos tiempos.

Pero, como decía, esto, que de suyo es tan bueno y que fué tan útil en aquel tiempo, la condición triste de nuestros siglos y la experiencia de nuestra grande desventura nos enseñan que nos es ocasión ahora de muchos daños. Y así, los que gobiernan la Iglesia, con maduro consejo y como forzados de la misma necesidad, han puesto una cierta y debida tasa en este negocio, ordenando que los libros de la Sagrada Escritura no anden en lenguas vulgares, de manera

13

que los ignorantes los puedan leer; y como a gente animal y tosca, que, o no conocen estas riquezas o, si las conocen, no usan bien de ellas, se las han quitado al vulgo de entre las manos.

Y si alguno se maravilla, como a la verdad es cosa que hace maravillar, que en gentes que profesan una misma religión haya podido acontecer que lo que antes les aprovechaba les dañe ahora, y mayormente en cosas tan sustanciales, y si desea penetrar al origen de este mal, conociendo sus fuentes, digo que, a lo que yo alcanzo, las causas de esto son dos: ignorancia y soberbia, y más soberbia que ignorancia; en los cuales males ha venido a dar poco a poco el pueblo cristiano, decayendo de su primera virtud.

La ignorancia ha estado de parte de aquellos a quien incumbe el saber y el declarar estos Libros; y la soberbia, de parte de los mismos y de los demás todos, aunque en diferente manera; porque en éstos la soberbia y el pundonor de su presunción y el título de maestros, que se arrogaban sin merecerlo, les cegaba los ojos para que ni conociesen sus faltas, ni se persuadiesen a que les estaba bien poner estudio y cuidado en aprender lo que no sabían y se prometían saber; y a los otros este humor mismo, no sólo les quitaba la voluntad de ser enseñados en estos Libros y letras, y más les persuadía también que ellos las podían saber y entender por sí mismos. Y así, presumiendo el pueblo de ser maestro, y no pudiendo, como convenía, serlo los que lo eran o debían ser, convertíase la luz en tinieblas; y leer las Escrituras el vulgo le era ocasión de concebir muchos y muy perniciosos errores, que brotaban y se iban descubriendo por horas.

Mas, si como los perlados eclesiásticos pudieron quitar a los indoctos las Escrituras, pudieran también ponerlas y asentarlas en el deseo y en el entendimiento y en la noticia de los que las han de enseñar, fuera menos de llorar aquesta miseria; porque estando éstos, que son como cielos, llenos y ricos con la virtud de este tesoro, derivárase de ellos necesariamente gran bien en los menores, que son el suelo sobre quien ellos influyen. Pero en muchos es esto tan al revés, que no sólo no saben aquestas Letras, pero desprecian, o a lo menos muestran preciarse poco y no juzgar bien de los que las saben. Y con un pequeño gusto de ciertas cuestiones contentos e hinchados, tienen título de maestros teólogos, y no tienen la Teología; de la cual, como se entiende, el principio son las cuestiones de la Escuela, y el crecimiento la doctrina que escriben los Santos; y el colmo y perfección y lo más alto de ella las Letras Sagradas, a cuyo entendimiento todo lo de antes, como a fin necesario, se ordena.

Mas dejando éstos y tornando a los comunes del vulgo, a este daño, de que por su culpa y soberbia se hicieron inútiles para la lección de la Escritura divina, hán entregado sin rienda a la lección de mil libros, no solamente vanos, sino señaladamente dañosos, los cuales, como por arte del demonio, como faltaron los buenos, en nuestra edad más que en otra han crecido. Y nos ha acontecido lo que acontece a la tierra que, cuando no produce trigo, da espinas.

Y digo que este segundo daño en parte vence al primero; porque en aquél pierden los hombres un grande instrumento para ser buenos, mas en éste le tienen para ser malos; allí quítasele a la virtud algún gobierno, aquí dase cebo a los vicios. Porque si, como alega San Pablo, *las malas conversaciones corrompen las buenas costumbres*, el libro torpe y dañado, que conversa con el que le lee a todas horas y a todos tiempos, ¿qué no hará?; o ¿cómo será posible que no críe viciosa y mala sangre el que se mantiene de malezas y de ponzoñas?

Y a la verdad, si queremos mirar en ello con atención y ser justos jueces, no podemos dejar de juzgar sino que de estos libros perdidos y desconcertados, y de su lección, nace gran parte de los reveses y perdición que se descubren continuamente en nuestras costumbres. Y de un sabor de gentileza y de infidelidad, que los celosos del servicio de Dios sienten en ellas (que no sé yo si en edad alguna del pueblo cristiano se ha sentido mayor), a mi juicio, el principio y la raíz y la causa toda son estos libros. Y es caso de gran compasión que muchas personas simples y puras se pierden en este mal paso, antes que se adviertan de él; y, como sin saber de dónde o de qué, se hallan emponzoñadas y quiebran simple y lastimosamente en esta roca encubierta. Porque muchos de estos malos escritos ordinariamente andan en las manos de mujeres doncellas y mozas, y no se recatan de ello sus padres; por donde las más de las veces les sale vano y sin fruto todo el demás recato que tienen.

Por lo cual, comoquiera que siempre haya sido provechoso y loable el escribir sanas doctrinas, que despierten las almas o las encaminen a la virtud, en este tiempo es así necesario que, a mi juicio, todos los buenos ingenios en quien puso Dios partes y facultad para semejante negocio, tienen obligación a ocuparse en él, componiendo en nuestra lengua para el uso común de todos algunas cosas que, o como nacidas de las Sagradas Letras, o como allegadas y conformes a ellas, suplan por ellas, cuanto es posible, con el común menester de los hombres y juntamente les quiten

16

de las manos, sucediendo en su lugar de ellos los libros dañosos y de vanidad.

Y aunque es verdad que algunas personas doctas y muy religiosas han trabajado en esto bien felizmente en muchas escrituras que nos han dado, llenas de utilidad y pureza, mas no por eso los demás, que pueden emplearse en lo mismo, se deben tener por desobligados, ni deben por eso alanzar de las manos la pluma ; pues, en caso que todos los que pueden escribir escribiesen, todo ello sería muchos menos, no sólo de lo que se puede escribir en semejantes materias, sino de aquello que, conforme a nuestra necesidad, es menester que se escriba, así por ser los gustos de los hombres y sus inclinaciones tan diferentes, como por ser tantas ya y tan recibidas las escrituras malas, contra quien se ordenan las buenas. Y lo que en las baterías y cercos de los lugares fuertes se hace en la guerra, que los tientan por todas las partes y con todos los ingenios que nos enseña la facultad militar, eso mismo es necesario que hagan todos los buenos y doctos ingenios ahora, sin que uno se descuide con otro, en un mal uso tan torreado y fortificado como es éste de que vamos hablando.

Yo así lo juzgo y juzgué siempre. Y aunque me conozco por el menor de todos los que, en esto que digo, pueden servir a la Iglesia, siempre la deseé servir en ello como pudiese ; y con mi poca salud y muchas ocupaciones no lo he hecho hasta ahora. Mas, ya que la vida pasada ocupada y trabajosa me fué estorbo para que no pusiese este mi deseo y juicio en ejecución, no me parece que debo perder la ocasión de este ocio, en que la injuria y mala voluntad de algunas personas me han puesto ; porque, aunque son muchos los trabajos que me tienen cercado, pero el favor largo del cielo, que Dios, Padre verdadero de los agraviados, sin merecerlo me da, y el testimonio de la conciencia en medio de todos ellos han serenado mi alma con tanta paz, que no sólo en la enmienda de mis costumbres, sino también en el negocio y conocimiento de la verdad veo ahora y puedo hacer lo que antes no hacía. Y hame convertido este trabajo el Señor en mi luz y salud, y con las manos de los que me pretendían dañar ha sacado mi bien. A cuya excelente y divina merced, en alguna manera, no respondería yo con el agradecimiento debido, si ahora que puedo, en la forma que puedo y según la flaqueza de mi ingenio y mis fuerzas, no pusiese cuidado en esto, que, a lo que yo juzgo, es tan necesario para bien de sus fieles.

Pues a este propósito me vinieron a la memoria unos razonamientos que, en los años pasados, tres amigos míos y de mi Orden, los dos de ellos hombres de grandes letras e ingenio, tuvieron entre sí por cierta ocasión, acerca de los *Nombres* con que es llamado Jesucristo en la Sagrada Escritura ; los cuales me refirió a mí poco después el uno de ellos, y yo por su cualidad no los quise olvidar.

Y deseando yo ahora escribir alguna cosa que fuese útil al pueblo de Cristo, hame parecido que comenzar por sus *Nombres* para principio es el más feliz y de mejor anuncio ; y para utilidad de los lectores, la cosa de más provecho ; y para mi gusto perticular, la materia más dulce y más apacible de todas ; porque, así como Cristo Nuestro Señor es como fuente, o por mejor decir, como océano que comprende en sí todo lo provechoso y lo dulce que se reparte en los hombres, así el tratar de El, y como si dijésemos, el desenvolver este tesoro, es conocimiento dulce y provechoso más que otro ninguno. Y por orden de buena razón se presupone a los demás tratados y conocimientos este conocimiento, porque es el fundamento de todos ellos y es como el blanco adonde el cristiano endereza todos sus pensamientos y obras ; y así, lo primero a que debemos dar asiento en el alma es a su deseo, y por la misma razón a su conocimiento, de quien nace y con quien se enciende y acrecienta el deseo.

Y la propia y verdadera sabiduría del hombre es saber mucho de Cristo ; y a la verdad es la más alta y más divina sabiduría de todas, porque entenderle a El es entender *todos los tesoros de la sabiduría de Dios*, que, como dice San Pablo, *están en El cerrados* ; y es entender el infinito amor que Dios tiene a los hombres, y la majestad de su grandeza, y el abismo de sus consejos sin suelo, y de su fuerza invensible el poder inmenso, con las demás grandezas y perfecciones que moran en Dios, y se descubren y resplandecen, más que en ninguna parte, en el misterio de Cristo. Las cuales perfecciones todas, o gran parte de ellas, se entenderán si entendiéremos la fuerza y la significación de los *Nombres* que el Espíritu Santo le da en la divina Escritura ; porque son estos *Nombres* como unas cifras breves, en que Dios maravillosamente encerró todo lo que acerca de esto el humano entendimiento puede entender y le conviene que entienda.

Pues lo que en ello se platicó entonces, recorriendo yo la memoria de ello después, casi en la misma forma como a mí me fué referido, y lo más conforme que ha sido posible al hecho de la verdad o a su semejanza, habiéndolo puesto por escrito, lo envió ahora a V.M., a cuyo servicio se enderezan todas mis cosas.

[INTRODUCCION]

[Introdúcese en el asunto con la idea de un coloquio que tuvieron tres amigos en una casa de recreo.]

Era por el mes de junio, a las vueltas de la fiesta de San Juan, a tiempo que en Salamanca comienzan a cesar los estudios, cuando Marcelo, el uno de los que digo (que así le quiero llamar con nombre fingido, por ciertos respectos que tengo, y lo mismo haré a los demás), después de una carrera tan larga como es la de un año en la vida que allí se vive, se retiró, como a puerto sabroso, a la soledad de una granja que, como V.M. sabe, tiene mi Monasterio en la ribera del Tormes ; y fuéronse con él, por hacerle compañía y por el mismo respeto, los otros dos. Adonde habiendo estado algunos días, aconteció que una mañana, que era la del día dedicado al Apóstol San Pedro, después de haber dado al culto divino lo que se le debía, todos tres juntos se salieron de la casa a la huerta que se hace delante de ella.

Es la huerta grande, y estaba entonces bien

poblada de árboles, aunque puestos sin orden ; mas eso mismo hacía deleite en la vista, y sobre todo, la hora y la sazón. Pues entrados en ella, primero y por un espacio pequeño, se anduvieron paseando y gozando del frescor ; y después se sentaron juntos a la sombra de unas parras y junto a la corriente de una pequeña fuente, en ciertos asientos. Nace la fuente de la cuesta que tiene la casa a las espaldas, y entraba en la huerta por aquella parte ; y corriendo y estropezando, parecía reírse. Tenían también delante de los ojos y cerca de ellos una alta y hermosa alameda. Y más adelante, y no muy lejos, se veía el río Tormes, que aun en aquel tiempo, hinchiendo bien sus riberas, iba torciendo el paso por aquella vega. El día era sosegado y purísimo, y la hora muy fresca. Así que, asentándose y callando por un pequeño tiempo, después de sentados, Sabino, que así me place llamar al que de los tres era el más mozo, mirando hacia Marcelo y sonriéndose, comenzó a decir así :

—Algunos hay a quien la vista del campo los enmudece ; y debe de ser condición de espíritus de entendimiento profundo ; mas yo, como los pájaros, en viendo lo verde, deseo o cantar o hablar.

—Bien entiendo por qué lo decís —respondió al punto Marcelo— ; y no es alteza de entendimiento, como dais a entender por lisonjearme o por consolarme, sino cualidad de edad y humores diferentes, que nos predominan y se despiertan con esta vista, en vos de rangre y en mí de melancolía. Mas sepamos —dice— de Juliano (que éste será el nombre del tercero), si es pájaro también o si es de otro metal.

—No soy siempre de uno mismo —respondió Juliano—, aunque ahora al humor de Sabino me inclino algo más. Y pues él no puede ahora razonar consigo mismo mirando la belleza del campo y la grandeza del cielo, bien será que nos diga su gusto acerca de lo que podremos hablar.

Entonces Sabino, sacando del seno un papel escrito y no muy grande :

—Aquí —dice— está mi deseo y mi esperanza.

Marcelo, que reconoció luego el papel, porque estaba escrito de su mano, dijo, vuelto a Sabino y riéndose :

—No os atormentará mucho el deseo a lo menos, Sabino, pues tan en la mano tenéis la esperanza ; ni aun deben ser ni lo uno ni lo otro muy ricos, pues se encierran en un tan pequeño papel.

—Si fueren pobres —dijo Sabino—, menos causa tendréis para no satisfacerme en una cosa tan pobre.

—¿En qué manera —respondió Marcelo— o qué parte soy yo para satisfacer vuestro deseo, o qué deseo es el que decís ?

Entonces Sabino, desplegando el papel, leyó el título que decía : *De los Nombresde de Cristo* ; y no leyó más. Y dijo luego :

—Por cierto caso hallé hoy este papel, que es de Marcelo, adonde, como parece, tiene apuntados algunos de los *Nombres* con que Cristo es llamado en la Sagrada Escritura, y los lugares de ella donde es llamado así. Y como le vi, me puso codicia de oirle algo sobre aqueste argumento, y por eso dije que mi deseo estaba en este papel. Y está en él mi esperanza también, porque, como parece de él, este es argumento en que Marcelo ha puesto su estudio y cuidado, y argumento que le debe tener en la lengua ; y así no podrá decirnos ahora lo que suele decir cuando se excusa, si le obligamos a hablar, que le tomamos desapercibido. Por manera que, pues le falta esta excusa y el tiempo es nuestro, y el día santo y la sazón tan a propósito de pláticas semejantes, no nos será dificultoso el rendir a Marcelo, si vos, Juliano, me favorecéis.

—En ninguna cosa me hallaréis más a vuestro lado, Sabino —respondió Juliano.

Y dichas y respondidas muchas cosas en este propósito, porque Marcelo se excusaba mucho, o, a lo menos, pedía que tomase Juliano su parte y dijese también ; y quedando asentado que a su tiempo, cuando pareciese, o si pareciese ser menester, Juliano haría su oficio, Marcelo, vuelto a Sabino, dijo así :

—Pues el papel ha sido el despertador de esta plática, bien será que él mismo nos sea la guía en ella. Id leyendo, Sabino, en él ; y de lo que en él estuviere y conforme a su orden, así iremos diciendo, si no os parece otra cosa.

—Antes nos parece lo mismo —respondieron como a una Sabino y Juliano.

Luego Sabino, poniendo los ojos en el escrito, con clara y moderada voz leyó así :

[DE LOS NOMBRES EN GENERAL]

[Explícase la naturaleza del nombre, qué oficio tiene, por qué fin se introdujo y en qué manera se suele poner.]

> « *Los nombres que en la Escritura se dan a Cristo son muchos, así como son muchas sus virtudes y oficios ; pero los principales son diez, en los cuales se encierran y, como reducidos, se recogen los demás, y los diez son éstos.* »

—Primero que vengamos a eso—dijo Marcelo alargando la mano hacia Sabino, para que se detuviese—, convendrá que digamos algunas cosas que se presuponen a ello ; y convendrá que tomemos el salto, como dicen, de más atrás, y que guiando el agua de su primer nacimiento, tratemos qué cosa es esto que llamamos *nombre*, y qué oficio tiene y por qué fin se introdujo y en qué manera se suele poner; y aun antes de todo esto hay otro principio.

—¿Qué otro principio—dijo Juliano—hay que sea primero que el ser de lo que se trata y la declaración de ello breve, que la Escuela llama *definición*?

—Que como los que quieren hacerse a la vela—respondió Marcelo—y meterse en la mar, antes que desplieguen los lienzos, vueltos al favor del cielo, le piden viaje seguro, así ahora en el principio de una semejante jornada, yo por mí, o por mejor decir, todos para mí, pidamos a Ese mismo, de quien hemos de hablar, sentidos y palabras cuales convienen para hablar de El. Porque, si las cosas menores, no sólo acabarlas no podemos bien, mas ni emprenderlas tampoco, sin que Dios particularmente nos favorezca, ¿quién podrá decir de Cristo y de cosas tan altas como son las que encierran los *Nombres de Cristo*, si no fuere alentado con la fuerza de su espíritu?

Por lo cual, desconfiando de nosotros mismos y confesando la insuficiencia de nuestro saber, y como derrocando por el suelo los corazones, supliquemos con humildad a esta divina Luz que nos amanezca, quiero decir, que envíe en mi alma los rayos de su resplandor y la alumbre, para que en esto que quiere decir de El, sienta lo que es digno de El; y para que lo que en esta manera sintiere, lo publique por la lengua en la forma que debe. Porque, Señor, sin Ti, ¿quién podrá hablar como es justo de Ti? O ¿quién no se perderá, en el inmenso océano de tus excelencias metido, si Tú mismo no le guías al puerto? Luce, pues, ¡oh sólo verdadero Sol!, en mi alma, y luce con tan grande abundancia de luz, que con el rayo de ella juntamente y mi voluntad encendida te ame, y mi entendimiento esclarecido te vea, y enriquecida mi boca te hable y pregone, si no como eres del todo, a lo menos como puedes de nosotros ser entendido, y sólo a fin de que Tú seas glorioso y ensalzado en todo tiempo y de todos.

Y, dicho esto, calló, y los otros dos quedaron suspensos y atentos mirándole; y luego tornó a comenzar en esta manera:

—El *nombre*, si habemos de decirlo en pocas palabras, es una palabra breve, que se sustituye por aquello de quien se dice y se toma por ello mismo. O *nombre* es aquello mismo que se nombra, no en el ser real y verdadero que ello tiene, sino en el ser que le da nuestra boca y entendimiento.

Porque se ha de entender que la perfección de todas las cosas, y señaladamente de aquellas que son capaces de entendimiento y razón, consiste en que cada una de ellas tenga en sí a todas las otras y en que, siendo una, sea todas cuanto le fuere posible; porque en esto se avecina a Dios, que en sí lo contiene todo. Y cuanto más en esto creciere, tanto se allegará más a El, haciéndosele semejante. La cual semejanza es, si conviene decirlo así, el pío general de todas las cosas, y el fin y como el blanco adonde envían sus deseos todas las criaturas.

Consiste, pues, la perfección de las cosas en que cada uno de nosotros sea un mundo perfecto, para que por esta manera, estando todos en mí y yo en todos los otros, y teniendo yo su ser de todos ellos, y todos y cada uno de ellos teniendo el ser mío, se abrace y eslabone toda esta máquina del Universo, y se reduzca a unidad la muchedumbre de sus diferencias; y quedando no mezcladas, se mezclen; y permaneciendo muchas, no lo sean ; y para que, extendiéndose y como desplegándose delante los ojos la variedad y diversidad, venza y reine y ponga su silla la unidad sobre todo. Lo cual es avecinarse la criatura a Dios. De quien mana, que en tres personas es una esencia, y en infinito número de excelencias no comprensibles, una sola perfecta y sencilla excelencia.

Pues siendo nuestra perfección aquesta que digo, y deseando cada uno naturalmente su perfección, y no siendo escasa la naturaleza en proveer a nuestros necesarios deseos, proveyó en esto como en todo lo demás con admirable artificio. Y fué que, porque no era posible que las cosas, así como son, materiales y toscas, estuviesen todas unas en otras, les dió a cada una de ellas, demás del ser real que tienen en sí, otro ser del todo semejante a este mismo ; pero más delicado que él y que nace en cierta manera de él, con el cual estuviesen y viviesen cada una de ellas en los entendimientos de sus vecinos, y cada una en todas, y todas en cada una. Y ordenó también que de los entendimientos, por semejante manera, saliesen con la palabra a las bocas. Y dispuso que las que en su ser material piden cada una de ellas su propio lugar, en aquel espiritual ser pudiesen estar muchas, sin embarazarse, en un mismo lugar en compañía juntas ; y aún lo que es más maravilloso, una misma en un mismo tiempo en muchos lugares.

De lo cual puede ser como ejemplo lo que en el espejo acontece : que si juntamos muchos espejos y los ponemos delante los ojos, la imagen del rostro, que es una, reluce una misma y en un mismo tiempo en cada uno de ellos ; y de ellos todas aquellas imágenes, sin confundirse, se tornan juntamente a los ojos, y de los ojos al alma de aquel que en los espejos se mira. Por manera que, en conclusión de lo dicho, todas las cosas viven y tienen ser en nuestro entendimiento, cuando las entendemos y cuando las nombramos en nuestras bocas y lenguas. Y lo que ellas son en sí mismas, esa misma razón de ser tienen en nosotros, si nuestras bocas y entendimientos son verdaderos.

Digo *esa misma* en razón de semejanza, aunque en cualidad de modo diferente, conforme a lo dicho. Porque el ser que tienen en sí es ser de tomo y de cuerpo, y ser estable y que así permanece ; pero en el entendimiento que las entiende, hácense a la condición de él y son espirituales y delicadas ; y para decirlo en una palabra, en sí son la verdad, mas en el entendimiento y en la boca son imágenes de la verdad, esto es, de sí mismas, e imágenes que sustituyen y tienen la vez de sus mismas cosas para el efecto y fin que está dicho ; y, finalmente, en sí son ellas mismas, y en nuestra boca y entendimiento sus nombres. Y así queda claro lo que al principio dijimos, que el *nombre* es como imagen de la cosa de quien se dice, o la misma cosa disfrazada en otra manera, que sustituye por ella y se toma por ella, para el fin y propósito de perfección y comunidad que dijimos.

Y de esto mismo se conoce también que hay dos maneras o dos diferencias de nombres : unos que están en el alma y otros que suenan en la boca. Los primeros son el ser que tienen las cosas en el entendimiento del que las entiende ; y los otros el ser que tienen en la boca del que, como las entiende, las declara y saca a luz con palabras. Entre las cuales hay esta conformidad, que los unos y los otros son imágenes, y como yo digo muchas veces, sustitutos de aquellos cuyos nombres son. Mas hay también esta desconformidad, que los unos son imágenes por naturaleza, y los otros por arte. Quiero decir que la imagen y figura que está en el alma, sustituye por aquellas cosas cuya figura es por la semejanza natural que tiene con ellas; mas las palabras, porque nosotros que fabricamos las voces, señalamos para cada cosa la suya, por eso sustituyen por ellas. Y cuando decimos *nombres*, ordinariamente entendemos estos postreros, aunque aquellos primeros son los nombres principalmente. Y así nosotros hablaremos de aquéllos, teniendo los ojos en éstos.

Y habiendo dicho Marcelo esto y queriendo proseguir su razón, díjole Juliano:

—Paréceme que habéis guiado el agua muy desde sufuente, y como conviene que se guíe en todo aquello que se dice, para que sea perfectamente entendido. Y si he estado bien atento, de tres cosas que en el principio nos propusisteis, habéis ya dicho las dos, que son: lo que es el nombre, y el oficio para cuyo fin se ordenó. Resta decir lo tercero, que es la forma que se ha de guardar y aquello a que se ha de tener respeto cuando se pone.

—Antes de eso—respondió Marcelo—añadiremos esta palabra a lo dicho; y es que, como de las cosas que entendemos, unas veces formamos en el entendimiento una imagen, que es imagen de muchos, quiero decir, que es imagen de aquéllo en que muchas cosas, que en lo demás son diferentes, convienen entre sí y se parecen; y otras veces la imagen que figuramos es retrato de una cosa sola, y así propio retrato de ella, que no dice con otra; por la misma manera hay unas palabras o nombres que se aplican a muchos, y se llaman nombres comunes, y otros que son propios de sólo uno, y éstos son aquellos de quien hablamos ahora. En los cuales, cuando de intento se ponen, la razón y naturaleza de ellos pide que se guarde esta regla ; que, pues han de ser propios, tengan significación de alguna particular propiedad, y de algo de lo que es propio a aquello de quien se dicen ; y que se tomen y como nazcan y manen de algún minero suyo y particular ; porque si el nombre, como hemos dicho, sustituye por lo nombrado, y si su fin es hacer que lo ausente que significa, en él nos sea presente y cercano, y junto lo que nos es alejado, mucho conviene que en el sonido, en la figura, o verdaderamente en el origen y significación de aquello de donde nace, se avecine y asemeje a cuyo es, cuanto es posible avecinarse a una cosa de tomo y de ser el sonido de una palabra.

No se guarda esto siempre en las lenguas, es grande verdad. Pero si queremos decir la verdad, en la primera lengua de todas casi siempre se guarda. Dios, a lo menos, así lo guardó en los *nombres* que puso, como en la Escritura se ve. Porque, si no es esto, ¿qué es lo que se dice en el *Génesis* que Adán, inspirado por Dios, *puso a cada cosa su nombre*, y que lo que él las *nombró ese es el nombre de cada una*? Esto es decir que a cada una les venía como nacido aquel nombre, y que era así suyo por alguna razón particular y secreta, que si se pusiera a otra cosa no le viniera ni cuadrara tan bien. Pero, como decía, esta semejanza y conformidad se atiende en tres cosas : en la figura, en el sonido, y señaladamente en el origen de su derivación y significación. Y digamos de cada una, comenzando por esta postrera.

Atiéndese, pues, esta semejanza en el origen y significación de aquello de donde nace ; que es decir que cuando el nombre que se pone a alguna cosa se deduce y deriva de alguna otra palabra y nombre, aquello de donde se deduce ha de tener significación de alguna cosa que se avecine a algo de aquello que es propio al nombrado; para que el nombre, saliendo de allí, luego que sonare, ponga en el sentido del que le oyere la imagen de aquella particular propiedad; esto es, para que el nombre contenga en su significación algo de lo mismo que la cosa nombrada contiene en su esencia. Como, por razón de ejemplo se ve en nuestra lengua en el nombre con que se llaman en ella los que tienen la vara de justicia en alguna ciudad, que los llamamos *corregidores*, que es nombre que nace y se toma de lo que es *corregir*, porque el corregir lo malo es su oficio de ellos, o parte de su oficio muy propia. Y así, quien lo oye, en oyéndolo, entiende lo que hay o haber debe en el que tiene este nombre. Y también a los que entrevienen en los casamientos los llamamos en castellano *casamenteros*, que viene de lo que es hacer mención o mentar, porque son los que hacen mención del casar, entreviniendo en ello y hablando de ello y tratándolo. Lo cual en la Sagrada Escritura se guarda siempre en todos aquellos nombres que, o Dios puso a alguno, o por su inspiración se pusieron a otros. Y esto en tanta manera, que no solamente ajusta Dios los nombres que pone con lo propio que las cosas nombradas tienen en sí; mas también todas las veces que dió a alguno y le añadió alguna cualidad señalada, demás de las que de suyo tenía, le ha puesto también algún nuevo nombre que se conformase con ella, como se ve en el nombre que de nuevo puso a Abrahám; y en el de Sara, su mujer, se ve también; y en el de Jacob, su nieto, a quien llamó Israel; y en el de Josué, el capitán que puso a los judíos en la posesión de su tierra ; y así en otros muchos.

—No ha muchas horas—dijo entonces Sabino—que oímos acerca de eso un ejemplo bien señalado ; y aun oyéndole yo, se me ofreció una pequeña duda acerca de él.

—¿Qué ejemplo es ese ?—respondió Marcelo.

—El nombre de Pedro—dijo Sabino—, que le puso Cristo, como ahora nos fué leído en la Misa.

—Es verdad—dijo Marcelo—, y es bien claro ejemplo. Mas ¿qué duda tenéis de él ?

—La causa por qué Cristo le puso—respondió Sabino—es mi duda ; porque me parece que debe contener en sí algún misterio grande.

—Sin duda—dijo Marcelo—muy grande ; porque dar Cristo a San Pedro este nuevo público nombre, fué cierta señal que en lo secreto del alma le infundía a él, más que a ninguno de sus compañeros, un don de firmeza no vencible.

—Eso mismo—replicó luego Sabino—es lo que se me hace dudoso ; porque ¿cómo tuvo más firmeza que los demás Apóstoles, ni infundida ni suya, el que sólo entre todos negó a Cristo por tan ligera ocasión ? Si no es firmeza prometer osadamente, y no cumplir flacamente después.

—No es así—respondió Marcelo—ni se puede dudar en manera alguna de que fué este glorioso Príncipe, en este don de firmeza de amor y fe para con Cristo, muy aventajado entre todos. Y es claro argumento de esto aquel celo y apresuramiento que siempre tuvo para adelantarse en todo lo que parecía tocar o a la honra o al descanso de su Maestro. Y no sólo después que recibió el fuego del Espíritu Santo, sino antes también, cuando Cristo, preguntándole tres veces si le amaba más que los otros y respondiendo él que le amaba, *le dió a pacer sus ovejas*, testificó Cristo con el hecho que su respuesta era verdadera, y que se tenía por amado de él con firmísimo y fortísimo amor. Y si negó en algún tiempo, bien es de creer que cualquiera de sus compañeros, en la misma pregunta y ocasión de temer, hiciera lo mismo si se les ofreciera; y por no habérseles ofrecido, no por eso fueron más fuertes.

Y si quiso Dios que se le ofreciese a sólo San Pedro fué con grande razón. Lo uno para que confiase menos de sí de allí adelante el que hasta entonces, de la fuerza de amor que en sí mismo sentía, tomaba ocasión para ser confiado. Y lo otro, para que quien había de ser pastor y como padre de todos los fieles, con la experiencia de su propia flaqueza se condoliese de las que después viese en sus súbditos, y supiese llevarlas. Y últimamente, para que con el llora amargo que hizo por esta culpa, mereciese mayor acrecentamiento de fortaleza. Y así fué que después se le dió firmeza para sí, y para otros muchos en él; quiero decir, para todos los que le son sucesores en su Silla apostólica, en la cual siempre ha permanecido firme y entera, y permanecerá hasta el fin, la verdadera doctrina y confesión de la fe.

Mas, tornando a lo que decía, quede esto por cierto; que todos los nombres que se ponen por orden de Dios traen consigo significación de algún particular secreto que la cosa nombrada en sí tiene, y que en esta significación se asemejan a ella; que es la primera de las tres cosas en que, como dijimos, esta semejanza se atiende.

Y sea la segunda lo que toca al sonido; esto es, que sea el nombre que se pone de tal cualidad que, cuando se pronunciare, suene como suele sonar aquello que significa, o cuando habla, si es cosa que habla, o en algún otro accidente que le acontezca. Y la tercera es la figura, que es la que tienen las letras con que los nombres se escriben, así en el número como en la disposición de sí mismas, y la que cuando las pronunciamos suelen poner en nosotros. Y de estas dos maneras postreras, en la lengua original de los Libros divinos y en esos mismos Libros hay infinitos ejemplos; porque del sonido, casi no hay palabra de las que significan alguna cosa que, o se haga con voz, o que envíe son alguno de sí, que, pronunciada bien, no nos ponga en los oídos o el mismo sonido o algún otro muy semejante de él.

Pues lo que toca a la figura, bien considerado, escosa maravillosa los secretos y los misterios que hay acerca de esto en las Letras divinas. Porque en ellas, en algunos nombres se añaden letras, para significar acrecentamiento de buena dicha en aquello que significan; y en otros se quitan algunas de las debidas para hacer demostración de calamidad y pobreza. Algunos, si lo que significan, por algún accidente, siendo varón, se ha afeminado y enmollecido, ellos también toman letras de las que en aquella lengua son, como si dijésemos, afeminadas y mujeriles. Otros, al revés, significando cosas femeninas de suyo, para dar a entender algún accidente viril, toman letras viriles. En otros mudan las letras su propia figura, y las abiertas se cierran, y las cerradas se abren y mudan el sitio, y se trasponen y disfrazan con visajes y gestos diferentes, y, como dicen del camaleón, se hacen a todos los accidentes de aquellos cuyos con los nombres que constituyen. Y no pongo ejemplos de esto porque son cosas menudas, y a los que tienen noticia de aquella lengua, como vos, Juliano y Sabino, la tenéis, notorias mucho, y señaladamente porque pertenecen propiamente a los ojos; y así, para dichas y oídas, son cosas oscuras.

Pero, si os parece, valga por todos la figura y cualidad de letras con que se escribe en aquella lengua el nombre propio de Dios, que los hebreos llaman *Inefable*, porque no tenían por lícito el traerle comúnmente en la boca; y los griegos le llaman *nombre de cuatro letras*, porque son tantas las letras de que se compone; porque, si miramos al sonido con que se pronuncia, todo él es vocal, así como lo es aquel a quien significa, que todo es ser y vida y espíritu sin ninguna mezcla de composición o de materia. Y si atendemos a la condición de las letras hebreas con que se escribe, tienen esta condición, que cada una de ellas se puede poner en lugar de las otras, y muchas veces en aquella lengua se ponen; y así, en virtud cada una de ellas es todas, y todas son cada una; que es como imagen de la sencillez que hay en Dios, por una parte, y de la infinita muchedumbre de perfecciones que por otra tiene, porque todo es una gran perfección, y aquellas una es todas sus perfecciones. Tanto que, si hablamos con propiedad, la perfecta sabiduría de Dios no se diferencia de su justicia infinita; ni su justicia, de su grandeza; ni su grandeza, de su misericordia; y el poder y el saber y el amar en El, todo es uno. Y en cada uno de estos sus bienes, por más que le desviemos y alejemos del otro, están todos juntos; y por cualquiera parte que le miremos es todo y no parte. Y conforme a esta razón es, como habemos dicho, la condición de las letras que componen su nombre.

Y no sólo en la condición de las letras, sino aun, lo que parece maravilloso, en la figura y disposición también le retrata este nombre en una cierta manera.

Y diciendo esto Marcelo e inclinándose hacia

la tierra, en la arena con una vara delgada y pequeña formó unas letras como estas דד y dijo luego:

—Porque en las letras caldaicas este santo Nombre siempre se figura así. Lo cual, como veis, es imagen del número de las divinas Personas, y de la igualdad de ellas y de la unidad que tienen las mismas en una esencia, como estas letras son de una figura y de un nombre. Pero esto dejémoslo así.

E iba Marcelo a decir otra cosa; mas atravesándose Juliano, dijo de esta manera:

—Antes que paséis, Marcelo, adelante, nos habéis de decir cómo se compadece con lo que hasta ahora habéis dicho que tenga Dios nombre propio; y desde el principio deseaba pedíroslo, y dejélo por no romperos el hilo. Mas ahora, antes que salgáis de él, nos decid; si el nombre es imagen que sustituye por cuyo es, ¿qué nombre de voz o qué concepto de entendimiento puede llegar a ser imagen de Dios? Y si no puede llegar, ¿en qué manera diremos que es su nombre propio? Y aún hay en esto otra gran dificultad; que si el fin de los nombres es, que por medio de ellos las cosas cuyos son estén en nosotros, como dijisteis, excusada cosa fué darle a Dios nombre, el cual está tan presente a todas las cosas y tan lanzado, como si dijésemos, en sus entrañas, y tan infundido y tan íntimo como está su ser de ellas mismas.

—Abierto habíais la puerta, Juliano—respondió Marcelo—, para razones grandes y profundas, si no la cerrara lo mucho que hay que decir en lo que Sabino hapropuesto. Y así, no os responderé más de lo que basta para que esos vuestros ñudos queden desatados y sueltos. Y comenzando de lo postrero, digo que es grande verdad que Dios está presente en nosotros, y tan vecino y tan dentro de nuestro ser como El mismo de sí; porque en El y por El, no sólo *nos movemos y respiramos*, sino también *vivimos y tenemos* ser, como lo confiesa y predica San Pablo. Pero así nos está presente, que en esta vida nunca nos es presente.

Quiero decir que está presente y junto con nuestro ser, pero muy lejos de nuestra vista y del conocimiento claro que nuestro entendimiento apetece. Por lo cual convino, o por mejor decir, fué necesario que *entretanto que andamos peregrinos de El* en estas tierras de lágrimas, ya que no se nos manifiesta ni se junta con nuestra alma su cara, tuviésemos, en lugar de ella, en la boca algún nombre y palabra, y en el entendimiento alguna figura suya, comoquiera que ella sea imperfecta y oscura, y, como San Pablo llama, *enigmática*. Porque cuando volare de esta cárcel de tierra, en que ahora nuestra alma presa trabaja y afana, como metida en tinieblas, y saliere a lo claro y a lo puro de aquella luz, el mismo que se junta con nuestro ser ahora, se juntará con nuestro entendimiento entonces; y él por sí, y sin medio de otra tercera imagen, estará junto a la vista del alma; y no será entonces su nombre otro que El mismo, en la forma y manera que fuere visto; y cada uno le nombrará con todo lo que viere y conociere de El, esto es, con el mismo *El*, así y de la misma manera como le conociere.

Y por esto dice San Juan en el libro del *Apocalipsi*, que Dios a los suyos en aquella felicidad, demás de que *les enjugará las lágrimas* y les borrará de la memoria los duelos pasados, *les dará a cada uno una piedrecilla menuda, y en ella un nombre escrito, el cual sólo el que la recibe le conoce*. Que no es otra cosa sino el tanto de sí y de su esencia, que comunicará Dios con la vista y el entendimiento de cada uno de los bienaventurados; que con ser uno en todos, con cada uno será en diferente grado, y por una forma de sentimiento cierta y singular para cada uno.

Y, finalemente, este nombre secreto que dice San Juan, y el nombre con que entonces nombraremos a Dios, será todo aquello que entonces en nuestra alma será Dios, el cual, como dice San Pablo, *será en todos todas las cosas*. Así que en el cielo, donde veremos, no tendremos necesidad para con Dios de otro nombre más que del mismo Dios; mas en esta oscuridad, adonde, con tenerle en casa, no le echamos de ver, esnos forzado ponerle algún nombre. Y no se le pusimos nosotros, sino El por su grande piedad se le puso luego que vió la causa y la necesidad.

En lo cual es cosa digna de considerar al amaestramiento secreto del Espíritu Santo que siguió el santo Moisés acerca de esto, en el Libro de la creación de las cosas. Porque tratando allí la historia de la creación, y habiendo escrito todas las obras de ella, y habiendo nombrado en ellas a Dios muchas veces, hasta que hubo criado al hombre, y Moisés lo escribió, nunca le nombró con este su nombre, como dando a entender que antes de aquel punto no había necesidad de que Dios tuviese nombre, y que, nacido el hombre, que le podía entender y no le podría ver en esta vida, era necesario que se nombrase. Y como Dios tenía ordenado de hacerse hombre después, luego que salió a luz el hombre quiso humanarse nombrándose.

Y a lo otro, Juliano, que propusísteis, que siendo Dios un abismo de ser y de perfección infinita, y habiendo de ser el nombre imagen de lo que nombra, cómo se podía entender que una palabra limitada alcanzase a ser imagen de lo que no tiene limitación; algunos dicen que este nombre, como nombre que se le puso Dios a sí mismo, declara todo aquello que Dios entiende en sí, que es el concepto y Verbo divino, que dentro de sí engendra entendiéndose; y que esta palabra que nos dijo y que suena en nuestros oídos, es señal que nos explica aquella palabra eterna e incomprensible que nace y vive en su seno; así como nosotros con las palabras de la boca declaramos todo lo secreto del corazón. Pero, comoquiera que esto sea, cuando decimos que Dios tiene nombres propios, o que este es nombre propio de Dios, no queremos decir que es cabal nombre, o nombre que abraza y que nos declara todo aquello que hay en El. Porque uno es el ser propio, y otro es el ser igual o cabal. Para que sea propio basta que declare, de las cosas que son propias a aquella de quien se dice, alguna de ellas; mas si no las declara todas entera y cabalmente, no será igual. Y así a Dios, si nosotros le ponemos nombre, nunca le pondremos un nombre entero y que le iguale, como tampoco le podemos entender como quien El es entera y perfectamente; porque lo que dice la boca es señal de lo que se entiende en el alma. Y así, no es posible que llegue la palabra adonde el entendimiento no llega.

Y para que ya nos vamos acercando a lo propio de nuestro propósito y a lo que Sabino leyó del papel, esta es la causa por qué a Cristo Nuestro Señor se le dan muchos nombres; coviene a saber, su mucha grandeza y los tesoros de sus perfecciones riquísimas, y juntamente la muchedumbre de sus oficios y de los demás bienes que nacen de él y se derraman sobre nosotros. Los cuales, así como no pueden ser abrazados con una vista del alma, así mucho menos pueden ser nombrados con una palabra sola. Y como el que infunde agua en algún vaso de cuello largo y estrecho, la envía poco a poco y no toda de golpe, así el Espíritu Santo, que conoce la estrechez y angostura de nuestro entendimiento, no nos presenta así toda junta aquella grandeza, sino como en partes nos la ofrece, diciéndonos unas veces algo de ella debajo de un nombre, y debajo de otro nombre otra cosa veces. Y así vienen a ser casi innumerables los nombres que la Escritura divina da a Cristo ; porque le llama *León y Cordero, y Puerta y Camino, y Pastor y Sacerdote, y Sacrificio y Esposo, y Vid y Pimpollo, y Rey de Dios y Cara suya, y Piedra y Lucero, y Oriente y Padre, y Príncipe de Paz y Salud y Vida y Verdad* ; y así otros nombres sin cuento. Pero de aquestos muchos escogió solos diez el papel, como más sustanciales ; porque, como en él se dice, los demás todos se reducen o pueden reducir a éstos en cierta manera.

Mas conviene, antes que pasemos adelante, que admitamos primero que, así como Cristo es Dios, así también tiene *Nombres* que por su divinidad le convienen ; unos propios de su Persona, y otros comunes a toda la Trinidad ; pero no habla con estos *Nombres* nuestro papel, ni nosotros ahora tocaremos en ellos, porque aquéllos propiamente pertenecen a los *Nombres* de Dios.

Los Nombres de Cristo, que decimos ahora, son aquellos solos que convienen a Cristo en cuanto hombre, conforme a los ricos tesoros de bien que encierra en sí su naturaleza humana, y conforme a las obras que en ella y por ella Dios ha obrado y siempre obra en nosotros.

Y con esto, Sabino, si no se os ofrece otra cosa, proseguid adelante.

Y Sabino leyó luego :

PIMPOLLO

[Es llamado Cristo *Pimpollo*, y explícase cómo le conviene
este nombre, y el modo de su maravillosa concepción.

*El primer nombre puesto en castellano se dirá
bien* Pimpollo, *que en la lengua original es Cemah,
y el texto latino de la Sagrada Escritura unas veces
lo traslada diciendo Germen, y otras diciendo
Oriens. Así le llaó el Espíritu Santo en el capítulo
cuarto del profeta Isaías :* « En aquel día el *Pimpollo* del Señor será en grande alteza, y el fruto
de la tierra muy ensalzado. » *Y por Jeremías en el
capítulo treinta y tres :* « Y haré que nazca a David
Pimpollo de justicia, y haré justicia y razón sobre
la tierra. » *Y por Zacarías en el capítulo tres,
consolando al pueblo judáico, recién salido del
cautiverio de Babilonia :* « Yo haré, *dice*, venir a
mi siervo el *Pimpollo*. » *Y en el capítulo sexto :*
« Véis un varón cuyo nombre es *Pimpollo*. »

Y llegando aquí Sabino, cesó. Y Marcelo :

—Sea éste—dijo—el primer nombre, pues el
orden del papel nos lo da. Y no carece de razón

43

que sea éste el primero; porque en él, como veremos después, se toca en cierta manera la cualidad y orden del nacimiento de Cristo y de su nueva y maravillosa generación; que en buen orden, cuando de alguno se habla, es lo primero que se suele decir.

Pero antes que digamos qué es ser *Pimpollo* y qué es lo que significa este nombre, y la razón por qué Cristo es así nombrado, conviene que veamos si es verdad que es este nombre de Cristo, y si es verdad que le nombra así la divina Escritura, que será ver si los lugares de ella ahora alegados hablan propiamente de Cristo; porque algunos, o infiel o ignorantemente, nos lo quieren negar.

Pues viniendo al primero, cosa clara es que habla de Cristo, así porque el texto caldaico, que es de grandísima autoridad y antigüedad, en aquel mismo lugar adonde nosotros leemos: *En aquel día será el* Pimpollo *del Señor*, dice él: *En aquel día será el Mesías del Señor*; como también porque no se puede entender aquel lugar de otra alguna manera; porque lo que algunos dicen del príncipe Zorobabel, y del estado feliz de que gozó debajo de su gobierno el pueblo judaico, dando a entender que fué éste el *Pimpollo* del Señor, de quien Isaías dice: *En aquel día el* Pimpollo *del Señor será en grande alteza*, es hablar sin mirar lo que dicen; porque quien leyere lo que las Letras Sagradas, en los Libros de Nehemías y Esdras, cuentan del estado de aquel pueblo en aquella sazón, verá mucho trabajo, mucha pobreza, mucha contradicción, y ninguna señalada felicidad, ni en lo temporal ni en los bienes del alma, que a la verdad es la felicidad de que Isaías entiende cuando en el lugar alegado dice: « *En*

44

aquel día será el Pimpollo *del Señor en grandeza y en gloria.* »

Y cuando la edad de Zorobabel y el estado de los judíos en ella hubiera sido feliz, cierto es que no lo fué con el extremo que el Profeta aquí muestra ; porque, ¿qué palabra hay aquí que no haga significación de un bien divino y rarísimo ? Dice *del Señor*, que es palabra que a todo lo que en aquella lengua se añade lo suele subir de quilates. Dice *Gloria y Grandeza y Magnificencia*, que es todo lo que encareciendo se puede decir. Y porque salgamos enteramente de duda, alarga, como si dijésemos, el dedo el Profeta y señala el tiempo y el día mismo del Señor, y dice de esta manera : « *En aquel día.* » Mas ¿qué día ? Sin duda ninguno otro sino aquel mismo de quien luego antes de esto decía : « *En aquel día quitará el redropelo el Señor a las hijas de Sión, el chapín que cruje en los pies y los garvines de la cabeza, las lunetas y los collores, las ajorcas y los rebozos, las botillas y los calzados altos, las argollas, los apretadores, los zarcillos, las sortijas, las cotonías, las almalafas, las escarcelas, los volantes y los espejos ; y les trocará el ámbar en hediondez, y la cintura rica en andrajo, y el enrizado en calva pelada, y el precioso vestido en cilicio, y la tez curada en cuero tostado, y tus valientes morirán a cuchillo* ».

Pues en aquel día mismo, cuando Dios puso por el suelo toda la alteza de Jerusalén con las armas de los romanos, que asolaron la ciudad y pusieron a cuchillo sus ciudadanos y los llevaron cautivos ; en ese mismo tiempo el fruto y el *Pimpollo* del Señor, descubriéndose y saliendo a luz, subirá a gloria y honra grandísima. Porque en la destrucción que hicieron de Jerusalén los caldeos, si alguno por caso quisiere decir que habla aquí de ella el Profeta, no se puede decir con verdad que *creció el fruto del Señor, ni que fructificó gloriosamente la tierra* al mismo tiempo que la ciudad se perdió. Pues es notorio que en aquella calamidad no hubo alguna parte o alguna mezcla de felicidad señalada, ni en los que fueron cautivos a Babilonia, ni en los que el vencedor caldeo dejó en Judea y en Jerusalén para que labrasen la tierra, porque los unos fueron a servidumbre miserable, y los otros quedaron en miedo y desamparo, como en el Libro de Jeremías se lee.

Mas al revés, con aquesta otra caída del pueblo judáico se juntó, como es notorio, la claridad del nombre de Cristo, y, cayendo Jerusalén, comenzó a levantarse la Iglesia. Y aquel a quien poco antes los miserables habían condenado y muerto con afrentosa muerte, y cuyo nombre habían procurado oscurecer y hundir, comenzó entonces a enviar rayos de sí por el mundo y a mostrarse vivo, y Señor y tan poderoso, que castigando a sus matadores con azote gravísimo, y quitando luego el gobierno de la tierra al demonio, y deshaciendo poco a poco su silla, que es el culto de los ídolos en que la gentilidad le servía, como cuando el sol vence las nubes y las deshace, así El sólo y clarísimo relumbró por toda la redondez.

Y lo que he dicho de este lugar, se ve claramente también en el segundo de Jeremías, de sus mismas palabras. Porque decirle a David y prometerle que le *nacería o fruto o* PIMPOLLO *de justicia*, era propia señal de que el *fruto* había de ser Jesucristo, mayormente añadiendo lo que luego se sigue, y es, que *este fruto haría justicia y razón sobre la tierra*; que es la obra propia suya de Cristo, y uno de los principales fines para que se ordenó su venida, y obra que El sólo y ninguno otro enteramente la hizo. Por donde las más veces que se hace memoria de El en las Escrituras divinas, luego en los mismos lugares se le atribuye esta obra, como obra sola de El y como su propio blasón. Así se ve en el Salmo setenta y uno, que dice : « *Señor, da tu vara al Rey, y el ejercicio de justicia al Hijo del Rey, para que juzgue a tu pueblo conforme a justicia y a los pobres según fuero. Los montes altos conservarán paz con el vulgo, y los collados les guardarán ley. Dará su derecho a los pobres del pueblo, y será amparo de los pobrecitos, y hundirá al violento opresor.* »

Pues en el tercero lugar de Zacarías, los mismos hebreos lo confiesan ; y el texto caldeo, que he dicho, abiertamente le entiende y le declara de Cristo. Y asimismo entendemos el cuarto testimonio, que es del mismo Profeta. Y no nos impide lo que algunos tienen por inconveniente, y por donde se mueven a declararle en diferente manera, por lo que dice luego que *este* PIMPOLLO *fructificará después o debajo de sí, y que edificará el templo de Dios* ; pareciéndoles que esto señala abiertamente a Zorobabel, que edificó el templo y fructificó después de sí por muchos siglos a Cristo, verdaderísimo fruto. Así que esto no impide, antes favorece y esfuerza más nuestro intento.

Porque el *fructificar debajo de sí*, o, como dice el original en su rigor, acercade sí, es tan propio de Cristo, que de ninguno lo es más. ¿Por ventura no dice El de sí mismo : *Yo soy vid y vosotros sarmientos ?* Y en el Salmo que ahora decía, en el cual todo lo que se dice son propiedades de Cristo, ¿no se dice también : *Y en sus días fructificarán los justos ?* O, si queremos confesar la verdad, ¿quién jamás en los hombres perdidos engendró hombres santos y justos, o qué frutos jamás se vió que fuese más fructuoso que Cristo ? Pues esto mismo, sin duda, es lo que aquí nos dice el Profeta ; elcual, porque le puso a Cristo nombre de fruto, y porque dijo señalándole como a singular fruto : *Veis aquí un varón que es fruto su nombre*, porque no se pensase que se acababa su fruto en El y que era fruto para sí y no árbol para dar de sí fruto, añadió luego diciendo : *Y fructificará acerca de sí*, como si con más palabras dijera : *Y es fruto que dará mucho fruto, porque a la redonda de El, esto es, en El y de El por todo cuanto se extiende la tierra, nacerán nobles y divinos frutos sin cuento, y este* PIMPOLLO *enriquecerá el mundo con pimpollos no vistos*.

De manera que éste es uno de los *Nombres* de Cristo y, según nuestra orden, el primero de ellos, sin que en ello pueda haber duda ni pleito. Y son como vecinos y deudos suyos otros algunos *Nombres* que también se ponen a Cristo en la Santa Escritura ; los cuales, aunque en el sonido son diferentes, pero bien mirados, todos se reducen a un intento mismo y convienen en una misma razón ; porque si en el capítulo treinta y cutro de Ezequiel es llamado *planta nombrada* y si Isaías en el capítulo once le llama unas veces *rama*, y otra *flor*, y en el capítulo cincuenta y tres *tallo y raíz*, todo es decirnos lo que el nombre de *Pimpollo* o de fruto nos dice. Lo cual será bien que declaremos ya, pues lo primero, que pertenece a que Cristo se llama así, está suficientemente probado, si no se os ofrece otra cosa.

—Ninguna —dijo al punto Juliano— ; antes ha rato ya que el nombre y esperanza de este fruto ha despertado en nuestro gusto golosina de él.

—Merecedor es de cualquiera golosina y deseo —respondió Marcelo—, porque es dulcísimo fruto, y no menos provechoso que dulce, si ya no le menoscaba la pobreza de mi lengua e ingenio. Pero idme respondiendo, Sabino, que lo quiero haber ahora con vos. Esta hermosura del cielo y mundo que vemos, y la otra mayor que entendemos y que nos esconde el mundo invisible, ¿fué siempre como es ahora, o hízose ella a sí misma, o Dios la sacó a luz y la hizo?

—Averiguado es —dijo Sabino— que Dios crió el mundo con todo lo que hay en él, sin presuponer para ello alguna materia, sino sólo con la fuerza de su infinito poder, con que hizo, donde no había ninguna cosa, salir a luz esta beldad que decís. Mas ¿qué duda hay en esto?

—Ninguna hay —replicó, prosiguiendo, Marcelo—; mas decidme más adelante: ¿Nació esto de Dios, no advirtiendo Dios en ello, sino como por alguna natural consecuencia, o hízolo Dios porque quiso y fué su voluntad libre de hacerlo?

—También es averiguado —respondió luego Sabino— que lo hizo con propósito y libertad.

—Bien decís —dijo Marcelo—; y pues conocéis eso, también conoceréis que pretendió Dios en ello algún grande fin.

—Sin duda grande —respondió Sabino—, porque siempre que se obra con juicio y libertad es a fin de algo que se pretende.

—¿Pretendería de esa manera —dijo Marcelo— Dios en esta su obra algún interés y acrecentamiento suyo?

—En ninguna manera —respondió Sabino.

—¿Por qué? —dijo Marcelo.

Y Sabino respondió:

—Porque Dios, que tiene en sí todo el bien, en ninguna cosa que haga fuera de sí puede querer ni esperar para sí algún acrecentamiento o mejoría.

—Por manera —dijo Marcelo—, que Dios, porque es Bien infinito y perfecto, en hacer el mundo no pretendió recibir bien alguno de él, y pretendió algún fin, como está dicho. Luego si no pretendió recibir, sin ninguna duda pretendió dar ; y si no lo crió para añadirse a sí algo, criólo sin ninguna duda para comunicarse El a sí, y para repartir en sus criaturas sus bienes.

Y cierto, este sólo es fin digno de la grandeza de Dios, y propio de quien por su naturaleza es la misma bondad ; porque a lo bueno su propia inclinación le lleva al bien hacer, y cuanto es más bueno uno, tanto se inclina más a esto. Pero si el intento de Dios, en la creación y edificio del mundo, fué hacer bien a lo que criaba repartiendo en ello sus bienes, ¿qué bienes o qué comunicación de ellos fué aquella a quien como a blanco enderezó Dios todo el oficio de esta obra suya ?

—No otros —respondió Sabino— sino esos mismos que dió a las criaturas, así a cada una en particular como a todas juntas en general.

—Bien decís —dijo Marcelo—, aunque no habéis respondido a lo que os pregunto.

—¿En qué manera ? —respondió.

—Porque —dijo Marcelo— como esos bienes tengan sus grados, y como sean unos de otros de diferentes quilates, lo que pregunto es : ¿A qué bien, o a qué grado de bien entre todos enderezó Dios todo su intento principalmente ?

—¿Qué grados —respondió Sabino— son esos ?

—Muchos son —dijo Marcelo— en sus partes ; mas la Escuela los suele reducir a tres géneros : a naturaleza y a gracia y a unión personal. A la naturaleza pertenecen los bienes con que se nace ; a la gracia pertenecen aquellos que después de nacidos nos añade Dios. El bien de la unión personal es haber juntado Dios en Jesucristo su persona con nuestra naturaleza. Entre los cuales bienes es muy grande la diferencia que hay.

Porque lo primero, aunque todo el bien que vive y luce en la criatura es bien que puso en ella Dios, pero puso en ella Dios unos bienes para que le fuesen propios y naturales, que es todo aquello en que consiste su ser y lo que de ello se sigue ; y esto decimos que son bienes de naturaleza, porque los plantó Dios en ella y se hace con ellos, como es el ser y la vida y el entendimiento, y lo demás semejante. Otros bienes no los plantó Dios en lo natural de la criatura ni en la virtud de sus naturales principios para que de ellos naciesen, sino sobrepúsolos El por sí solo a lo natural ; y así no son bienes fijos ni arraigados en la naturaleza, como los primeros, sino movedizos bienes, como son la gracia y la caridad y los demás dones de Dios ; y éstos llamamos bienes sobrenaturales de gracia.

Lo segundo, dado, como es verdad, que todo este bien comunicado en una semejanza de Dios, porque es hechura de Dios, y Dios no puede hacer cosa que no le remede, porque en cuanto hace se tiene por dechado a sí mismo ; mas, aunque esto es así, todavía es muy grande la diferencia que hay en la manera de remedarle. Porque en lo natural remedan las criaturas el ser de Dios, mas en los bienes de gracia remedan el ser y condición y el estilo, y como si dijésemos, la vivienda y bienandanza suya ; y así se avecinan y juntan más a Dios por esta parte las criaturas que la tienen, cuanto es mayor esta semejanza que la semejanza primera ; pero en la unión personal no remedan ni se parecen a Dios las criaturas, sino vienen a ser el mismo Dios, porque se juntan con El en una misma persona.

Aquí Juliano, atravesándose, dijo :

—¿Las criaturas todas se juntan en una persona con Dios ?

Respondió Marcelo riendo :

—Hasta ahora no trataba del número, sino trataba del cómo ; quiero decir, que no contaba quiénes y cuántas criaturas se juntan con Dios en estas maneras, sino contaba la manera cómo se juntan y le remedan ; que es, o por naturaleza o por gracia o por unión de persona. Que, cuanto al número de los que se le ayuntan, clara cosa es que, en los bienes de naturaleza, todas las criaturas se avecinan a Dios, y solas, y no todas, las que tienen entendimiento en los bienes de gracia ; y en la unión personal sola la humanidad de Nuestro Redentor Jesucristo. Pero, aunque con sola esta humana naturaleza se haga la unión personal propiamente, en cierta manera también, en juntarse Dios con ella, es visto juntarse con todas las criaturas, por causa de ser el hombre como un medio entre lo espiritual y lo corporal, que contiene y abraza en sí lo uno y lo otro. Y por ser, como dijeron antiguamente, un menor mundo o un mundo abreviado.

—Esperando estoy —dijo Sabino entonces— a qué fin se ordena este vuestro discurso.

—Bien cerca estamos ya de ello —respondió Marcelo—, porque pregúntoos : si el fin porque crió Dios todas las cosas fué solamente por comunicarse con ellas, y si esta dádiva y comunicación acontece en diferentes maneras, como hemos ya visto ; y si unas de estas maneras son más perfectas que otras, ¿no os parece que pide la misma razón que un tan grande Artífice, y en una obra tan grande, tuviese por fin de toda ella hacer en ella la mayor y más perfecta comunicación de sí que pudiese ?

—Así parece —dijo Sabino.

—Y la mayor —dijo siguiendo Marcelo— así de las hechas como de las que se pueden hacer, es la unión personal que se hizo entre el Verbo divino y la naturaleza humana de Cristo, que fué hacer con el hombre una misma Persona.

—No hay duda —respondió Sabino—, sino que es la mayor.

—Luego —añadió Marcelo— necesariamente se sigue que Dios, a fin de hacer esta unión bienaventurada y maravillosa, crió todo cuanto se parece y se esconde ; que es decir que el fin para que fué fabricada toda la variedad y belleza del mundo fué por sacar a luz este compuesto de Dios y Hombre, o, por mejor decir, este juntamente Dios y Hombre, que es Jesucristo.

—Necesariamente se sigue —respondió Sabino.

—Pues —dijo entonces Marcelo— esto es ser Cristo fruto ; y darle la Escritura este nombre a El, es darnosa entender a nosotros que Cristo es el fin de las cosas, y aquel para cuyo nacimiento feliz fueron todas criadas y enderezadas. Porque así como en el árbol la raíz no se hizo para sí, y menos el tronco que nace y se sustenta sobre ella, sino lo uno y lo otro juntamente con las ramas y la flor y la hoja, y todo lo demás que el árbol produce, se ordena y endereza para el fruto que de él sale, que es el fin y como remate suyo ; así por la misma manera, estos cielos extendidos que vemos, y las estrellas que en ellos dan resplandor, y entre todas ellas esta fuente de claridad y de luz que todo lo alumbra, redonda y bellísima ; la tierra pintada con flores y las aguas pobladas de peces ; los animales y los hombres, y este universo todo, cuan grande y cuan hermoso es, lo hizo Dios para fin de hacer Hombre a su Hijo, y para producir a luz este único y divino fruto que es Cristo, que con verdad le podemos llamar el parto común y general de todas las cosas.

Y así como el fruto para cuyo nacimiento se hizo en el árbol la firmeza del tronco y la hermosura de la flor, y el verdor y frescor de las hojas, nacido, contiene en sí y en su virtud todo aquello que para él se ordenaba en el árbol, o, por mejor decir, el árbol todo contiene, así también Cristo, para cuyo nacimiento crió primero Dios las raíces firmes y hondas de los elementos y levantó sobre ellas después esta grandeza del mundo con tanta variedad, como si dijésemos, de ramas y hojas, lo contiene todo en sí, y lo abarca y se resume en El y, como dice San Pablo *se recapitula* todo lo no criado y criado, lo humano y lo divino, lo natural y lo gracioso. Y como de ser Cristo llamado *Fruto* por excelencia, entendemos que todo lo criado se ordenó para El, así también de esto mismo ordenado, podemos, rastreando, entender el valor inestimable que hay en el fruto para quien tan grandes cosas se ordenan. Y de la grandeza y hermosura y cualidad de los medios, argüimos la excelencia sin medida del fin.

Porque si cualquiera que entra en algún palacio o casa real rica y suntuosa, y ve primero la fortaleza y firmeza del muro ancho y torreado, y los muchos órdenes de las ventanas labradas, y las galerías y los chapiteles que deslumbran la vista, y luego la entrada alta y adornada con ricas labores, y después los zaguanes y patios grandes y diferentes, y las columnas de mármol, y las largas salas y las recámaras ricas, y la diversidad y muchedumbre y orden de los aposentos, hermoseados todos con peregrinas y escogidas pinturas, y con el jaspe y el pórfiro y el marfil y el oro que luce por los suelos y paredes y techos ; y ve juntamente con esto la muchedumbre de los que sirven en él, y la disposición y rico aderezo de sus personas, y el orden que cada uno guarda en su ministerio y servicio, y el concierto que todos conservan entre sí ; y oye también los menestriles y dulzura de música ; y mira la hermosura y regalos de los lechos, y la riqueza de los aparadores que no tienen precio, luego conoce que es incomparablemente mejor y mayor aquel para cuyo servicio todo aquello se ordena ; así debemos nosotros también entender que, si es hermosa y admirable esta vista de la tierra y del cielo, es sin ningún término muy más hermoso y maravilloso Aquél por cuyo fin se crió.

Y que, si es grandísima, como sin ninguna duda lo es, la majestad de este templo universal que llamamos mundo nosotros, Cristo, para cuyo nacimiento se ordenó desde su principio, y a cuyo servicio se sujetará todo después y a quien ahora sirve y obedece, y obedecerá para siempre, es incomparablemente grandísimo, gloriosísimo, perfectísimo, más mucho de lo que ninguno puede ni encarecer ni entender. Y, finalmente, que es tal, cual inspirado y alentado por el Espíritu Santo, San Pablo dice, escribiendo a los Colosenses : *Es imagen de Dios invisible, y el engendrado primero que todas las criaturas. Porque para El se fabricaron todas, así en el cielo como en la tierra, las visibles y las invisibles ; así, digamos, los tronos como las dominaciones, como los principados y potentados, todo por El y para El fué criado ; y El es el adelantado entre todos, y todas las cosas tienen ser por El. Y El también, del cuerpo de la Iglesia es la cabeza ; y El mismo es el principio y el primogénito de los muertos, para que en todo tenga las primerías. Porque le plugo al Padre y tuvo por bien que se aposentase en El todo lo sumo y cumplido.*

Por manera que Cristo es llamado *Fruto* porque es el fruto del mundo, esto es, porque es el fruto para cuya producción se ordenó y fabricó todo el mundo. Y así Isaías, deseando su nacimiento, y sabiendo que los cielos y la naturaleza toda vivía y tenía ser principalmente para este parto, a toda ella se le pide diciendo: *Derramad rocío, cielos, desde vuestras alturas; y vosotras, nubes, lloviendo, enviadnos al Justo; y la tierra se abra y produzca y brote al Salvador.*

Y no solamente por esta razón que hemos dicho Cristo se llama *Fruto*, sino también porque todo aquello que es verdadero fruto en los hombres, digo fruto que merezca parecer ante Dios y ponerse en el cielo, no sólo nace en ellos por virtud de este fruto, que es Jesucristo, sino en cierta manera también es el mismo Jesús. Porque la justicia y santidad que derrama en los ánimos de sus fieles, así ella como los demás bienes y santas obras que nacen de ella, y que naciendo de ella después la acrecientan, no son sino como una imagen y retrato vivo de Jesucristo; y tan vivo, que es llamado Cristo en las Letras sagradas, como parece en los lugares adonde nos amonesta San Pablo, que nos vistamos de Jesucristo; porque el vivir justa y santamente es imagen de Cristo. Y así por esto, como por el espíritu suyo que comunica Cristo e infunde en los buenos, cada uno de ellos se llama Cristo, y todos ellos juntos, en la forma ya dicha, hacen un mismo Cristo.

Así lo testificó San Pablo, diciendo: *Todos los que en Cristo os habéis bautizado, os habéis vestido de Jesucristo; que allí no hay judío ni gentil, ni libre ni esclavo, ni hembra ni varón, porque todos sois uno en Jesucristo.* Y en otra parte: *Hijuelos míos, que os engendro otra vez hasta que*

Cristo se forme en vosotros. Y amonestando a los Romanos a las buenas obras, les dice y escribe : *Desechemos, pues, las obras oscuras y vistamos armas de luz ; y como quien anda de día, andemos vestidos y honestos. No en convites y embriagueces, no en desordenado sueño y en deshonestas torpezas, ni menos en competencias y envidias ; sino vestíos del Señor Jesucristo.* Y que todos estos Cristos son un Cristo solo, dícelo El mismo a los Corintios por estas palabras : *Como un cuerpo tiene muchos miembros, y todos los miembros del cuerpo, con ser muchos, son un cuerpo, así también Cristo.*

Donde, como advierte San Agustín, no dijo, concluyendo la semejanza, así es Cristo y sus miembros, sino así es Cristo ; para nos enseñar que Cristo, nuestra cabeza, está en sus miembros, y que los miembros y la cabeza son un solo Cristo, como por aventura diremos más largamente después. Y lo que decimos ahora, y lo que de todo lo dicho resulta, es conocer cuán merecidamente Cristo se llama *Fruto*, pues todo el fruto bueno y de valor que mora y fructifica en los hombres es Cristo y de Cristo, en cuanto nace de El y en cuanto le parece y remeda, así como es dicho. Y pues hemos platicado ya lo que basta acerca de aquesto, proseguid, Sabino, en vuestro papel.

—Detenéos—dijo Juliano alargando contra Sabino la mano— ; que, si olvidado no estoy, os falta, Marcelo, por descubrir lo que al principio nos propusísteis : de lo que toca a la nueva y maravillosa concepción de Cristo, que, como dijísteis, este nombre significa.

—Es verdad e hicísteis muy bien, Juliano, en ayudar mi memoria—respondió al punto Marcelo—, y lo que pedís es aquesto : este nombre que unas veces llamamos *Pimpollo* y otras veces llamamos *Fruto*, en la palabra original no es fruto como quiera, sino es propiamente el fruto que nace de suyo, sin cultura ni industria. En lo cual, al propósito de Jesucristo a quien ahora se aplica, se nos demuestran dos cosas : la una, que no hubo ni saber ni valor ni merecimiento ni industria en el mundo, que mereciese de Dios que se hiciese Hombre, esto es, que produjese este fruto ; la otra, que en el vientre purísimo y santísimo de donde aqueste fruto nació, anduvo solamente la virtud y obra de Dios, sin ayuntarse varón.

Mostró, como oyó esto, moverse de su asiento un poco Juliano ; y como acostándose hacia Marcelo, y mirándole con alegre rostro, le dijo :

—Ahora me place más el haberos, Marcelo, acordado lo que olvidabais ; porque me deleita mucho entender que el artículo de la limpieza y entereza virginal de nuestra común Madre y Señora, está significado en las Letras y Profecías antiguas ; y la razón lo pedía. Porque adonde se dijeron y escribieron, tantos años antes que fuesen, otras cosas menores, no era posible que se callase un misterio tan grande. Y si se os ofrecen algunos otros lugares que pertenezcan a esto, que sí se ofrecerán, mucho holgaría que los dijésedes, si no recibís pesadumbre.

—Ninguna cosa—respondió Marcelo—me puede ser menos pesada que decir algo que pertenezca el loor de mi única abogada y Señora ; que aunque lo es generalmente de todos, mas atrévome yo a llamarla *mía en* particular, porque desde mi niñez me ofrecí todo a su amparo. Y no os engañáis nada, Juliano, en pensar que los Libros y Letras del Testamento Viejo no pasaron callando por una extrañeza tan nueva, y señaladamente tocando a personas tan importantes. Porque, ciertamente, en muchas partes la dicen con palabras para la femuy claras, aunque algo oscuras para los corazones a quien la infidelidad ciega, conforme a como se dicen otras muchas cosas de las que pertenecen a Cristo, que, como San Pablo dice, *es misterio escondido* ; el cual quiso Dios decirle y esconderle por justísimos fines ; y uno de ellos fué para castigar así con la ceguedad y con la ignorancia de cosas tan necesarias a aquel pueblo ingrato por sus enormes pecados.

Pues viniendo a lo que pedís, clarísimo testimonio es, a mi juicio, para este propósito aquello de Isaías que poco antes decíamos : *Derramad, cielos, rocío, y lluevan las nubes al Justo.* Adonde, aunque, como veis, va hablando del nacimiento de Cristo como de una planta que nace en el campo, empero no hace mención ni de arado ni de azada ni de agricultura ; sino solamente de cielo y de nubes y de tierra, a los cuales atribuye todo su nacimiento.

Y a la verdad, el que cotejare estas palabras que aquí dice Isaías con las que acerca de esta misma razón dijo a la benditísima Virgen el Arcángel Gabriel, verá que son casi las mismas, sin haber entre ellas más diferencia de que lo que dijo el Arcángel con palabras propias, porque trataba de negocio presente, Isaías lo significó con palabras figuradas y metafóricas, conforme al estilo de los profetas. Allí dijo el Angel : *El Espíritu Santo vendrá sobre ti.* Aquí dice Isaías : *Enviaréis, cielos, vuestro rocío.* Allí dice *que la virtud del alto le hará sombra.* Aquí pide que *se extiendan las nubes.* Allí : *Y lo que nacerá de ti, santo, será llamado Hijo de Dios.* Aquí : *Abrase la tierra y produzca al Salvador.* Y sácanos de toda duda lo que luego añade diciendo : *Y la justicia florecerá juntamente, y Yo, el Señor, le crié*. Porque no dice : *y Yo, el Señor, la crié*, conviene saber, a la justicia, de quien dijo que había de florecer juntamente ; sino *Yo le crié*, conviene saber, al Salvador, esto es, a Jesús, porque Jesús es el nombre que el original allí pone ; y dice *Yo le crié*, y atribúyese a sí la creación y nacimiento de esta bienaventurada salud, y préciase de ella como de hecho singular y admirable, y dice : *Yo, Yo* ; como si dijese : *Yo sólo, y no otro conmigo*.

Y también no es poco eficaz, para la prueba de esta misma verdad, la manera como habla de Cristo, en el capítulo cuarto de su Escritura, este mismo Profeta, cuando, usando de la misma figura de plantas y frutos y cosas del campo, no señala para su nacimiento otras causas más de a Dios y a la tierra, que es a la Virgen y al Espíritu Santo. Porque, como ya vimos, dice : *En aquel día será el* PIMPOLLO *de Dios magnífico y glorioso, y el fruto de la tierra subirá a grandísima alteza*.

Pero entre otros, para este propósito, hay un lugar singular en el Salmo ciento nueve, aunque algo oscuro según la letra latina ; mas, según la original, manifiesto y muy claro, en tanto grado que los doctores antiguos, que florecieron antes de la venida de Jesucristo, conocieron de allí, y así lo escribieron, que la Madre del Mesías había de concebir virgen por virtud de Dios y sin obra de varón. Porque vuelto el lugar que digo a la letra, dice de esta manera : *En resplandores de santidad del vientre y de la aurora, contigo el rocío de innacimiento*. En las cuales palabras, y no por una de ellas, sino casi por todas, se dice y se descubre este misterio que digo. Porque lo primero, cierto es que habla en este Salmo con Cristo el Profeta ; y lo segundo, también es manifiesto que habla en este verso de su concepción y nacimiento ; y las palabras *vientre y nacimiento*, que, según la propiedad original también se puede llamar generación, lo demuestran abiertamente.

Mas, que Dios sólo, sin ministerio de hombre, haya sido el hacedor de esta divina y nueva obra en el virginal y purísimo vientre de Nuestra Señora, lo primero se ve en aquellas palabras : *En resplandores de santidad.* Que es como decir que había de ser concebido Cristo, no en ardores deshonestos de carne y de sangre, sino en resplandores santos del cielo ; no con torpeza de sensualidad, sino con hermosura de santidad y de espíritu. Y demás de esto, lo que luego se sigue de *aurora* y de *rocío*, por galana manera declara lo mismo ; porque es una comparación encubierta, que, si la descubrimos, sonará así : en el vientre, conviene a saber, de tu madre, serás engendrado como en la aurora ; esto es, como lo que en aquella sazón de tiempo se engendra en el campo con sólo el rocío, que entonces desciende del cielo ; no con riego ni con sudor humano.

Y últimamente, para decirlo del todo, añadió : *Contigo el rocío de tu nacimiento.* Que porque había comparado a la aurora el vientre de la madre, y porque en la aurora cae el rocío con que se fecunda la tierra, prosiguiendo en su semejanza a la virtud de la generación, llamóla *rocío* también.

Y a la verdad, así es llamada en las divinas Letras en otros muchos lugares, esta virtud vivífica y generativa con que engendró Dios al principio el cuerpo de Cristo, y con que después de muerto le reengendró y resucitó, y con que en la común resurrección tornará a la vida nuestros cuerpos deshechos, como en el capítulo veintiséis de Isaías se ve. Pues dice a Cristo David que este *rocío* y virtud que formó su cuerpo y le dió vida en las virginales entrañas, no se la prestó otro, ni la puso en aquel santo vientre alguno que viniese de fuera ; sino que El mismo la tuvo de su cosecha y la trajo consigo. Porque cierto es que el Verbo divino, que se hizo hombre en el sagrado vientre de la santísima Virgen, El mismo formó allí el cuerpo y la naturaleza de hombre de que se vistió. Y así, para que entendiésemos esto, David dice bien que tuvo Cristo consigo el rocío de su nacimiento. Y aún, así como decimos nacimiento en este lugar, podemos también decir niñez ; que, aunque viene a decir lo mismo que nacimiento, todavía es palabra que señala más el ser nuevo y corporal que tomó Cristo en la Virgen, en el cual fué niño primero, y después mancebo, y después perfecto varón : porque en el otro nacimiento eterno que tiene de Dios, siempre nació Dios eterno y perfecto e igual con su Padre.

Muchas otras cosas pudiera alegar a propósito de esta verdad ; mas porque no falte tiempo para lo demás que nos resta, baste por todas, y con ésta concluyo, la que en el capítulo cincuenta y tres dice de Cristo Isaías : *Subirá creciendo como pimpollo delante de Dios, y como raíz y arbolico nacido en tierra seca.* Porque si va a decir la verdad, para decirlo como suele hacer el Profeta, con palabras figuradas y oscuras, no pudo decirlo con palabras que fuesen más claras que éstas. Llama a Cristo *arbolico* ; y porque le llama así, siguiendo el mismo hilo y figura, a su santísima Madre llámala tierra conforme a razón ; y habiéndola llamado así, para decir que concibió sin varón, no había una palabra que mejor ni con más significación lo dijese, que era decir que fué *tierra seca*. Pero, si os parece, Juliano, prosiga ya Sabino adelante.

—Prosiga—respondió Juliano—. Y Sabino leyó :

FACES DE DIOS

[Declárase cómo Cristo tiene el nombre de *Faces*, o Cara de Dios, y por qué le conviene este nombre.]

También es llamado Cristo Faces de Dios, *como parece en el Salmo ochenta y ocho, que dice* : « La misericordia y la verdad precederán tus faces ». *Y dícelo, porque con Cristo nació la verdad y la justicia y la misericordia, como lo testifica Isaís, diciendo :* « y la justicia nacerá con El juntamente ». *Y también el mismo David, cuando en el Salmo ochenta y cuatro, que es todo del advenimiento de Cristo, dice :* « La misericordia y la verdad se encontrarón. La justicia y la paz se dieron paz. La verdad nació de la tierra y la justicia miró desde el cielo. El Señor por su parte fué liberal, y la tierra por la suya respondió con buen fruto. La justicia va adelante de El y pone en el camino sus pisadas. » *Item, dásele a Cristo este mismo nombre en el Salmo noventa y cuatro, adonde David, convidando a los hombres para el recibimiento de la buena nuevo del Evangelio, les dice :*

« Ganemos por la mano a su faz en confesión y loor. » *Y más claro en el salmo setenta y nueve*; « Conviértenos, dice, Dios de nuestra salud; muéstranos tus faces, y seremos salvos. » *Y asimismo Isaías en el capítulo setenta y cuatro le da este nombre, diciendo:* « Descendiste; y delante de tus faces se derritieron los montes. » *Porque claramente habla allí de la venida de Cristo, como en él se parece.*

—Demás de estos lugares que ha leído Sabino—dijo entonces Marcelo—hay otro muy señalado que no le puso el papel, y merece ser referido. Pero antes que diga de él, quiero decir que en el Salmo setenta y nueve, aquellas palabras que se acaban ahora de leer: *Conviértenos, Dios de nuestra salud*, se repiten en él tres veces; en el principio y en el medio y en el fin del Salmo, lo cual no carece de misterio, y a mi parecer se hizo por una de dos razones; de las cuales le una es, para hacernos saber que hasta acabar Dios y perfeccionar del todo al hombre, pone en él sus manos tres veces. Una, criándole del polvo y llevándole del no ser al ser, que le dió en el paraíso; otra, reparándole después de estragado, haciéndose El para este fin hombre también; y la tercera, resucitándole después de muerto, para no morir ni mudarse jamás. En señal de lo cual, en el libro del *Génesis*, en la historia de la creación del hombre, se repite tres veces esta palabra *criar.* Porque dice de esta manera: *Y crió Dios al hombre a su imagen y semejanza; a la imagen de Dios le crió; crióls hembra y varón.*

Y la segunda razón, y lo que por más cierto tengo es que en el Salmo de que hablamos pide el Profeta a Dios en tres lugares que convierta su pueblo a sí y le descubra sus *Faces*, que es a Cristo, como hemos ya dicho; porque son tres veces las que señaladamente el Verbo divino se mostró y mostrará al mundo, y señaladamente a los del pueblo judaico, para darles luz y salud. Porque lo primero se les mostró en el monte, adonde les dió ley y les notificó su amor y voluntad ; y cercado y como vestido de fuego y de otras señales visibles, les habló sensiblemente, de manera que le oyó hablar todo el pueblo ; y comenzó a humanarse con ellos entonces, como quien tenía determinado de hacerse hombre de ellos y entre ellos después, como lo hizo. Y este fué el aparecimiento segundo, cuando nació rodeado de nuestra carne y conversó con nosotros, y viviendo y muriendo negoció nuestro bien.

El tercero será cuando, en el fin de los siglos, tornará a venir otra vez para entera salud de su Iglesia. Y aún, si yo no me engaño, estas tres venidas del Verbo, una en apariencias y voces sensibles, otras dos hecho ya verdadero hombre, significó y señaló el mismo Verbo en la zarza, cuando Moisés le pidió señas de quién era, y El, para dárselas, le dijo así : *El que seré, seré, seré* ; repitiendo esta palabra de tiempo futuro tres veces, y como diciéndoles : Yo soy el que prometí a vuestros padres venir ahora para libraros de Egipto, y nacer después entre vosotros para redimiros del pecado, y tornar últimamente en la misma forma de hombre para destruir la muerte y perfeccionaros del todo. Soy el que seré vuestra guía en el desierto, y el que seré vuestra salud hecho hombre, y el que seré vuestra entera gloria, hecho juez.

Aquí Juliano, atravesándose, dijo :

—No dice el texto *seré*, sino *soy*, de tiempo presente, porque, aunque la palabra original en el sonido sea *seré*, mas en la significación es *soy*, según la propiedad de aquella lengua.

—Es verdad—respondió Marcelo—que en aquella lengua las palabras apropiadas al tiempo futuro se ponen algunas veces por el presente; y en aquel lugar podemos muy bien entender que se pusieron así, como lo entendieron primero San Jerónimo y los intérpretes griegos. Pero lo que digo ahora es que, sin sacar de sus términos a aquellas palabras, sino tomándolas en su primer sonido y significación, nos declaran el misterio que he dicho. Y es misterio que para el propósito de lo que entonces Moisés quería saber, convenía mucho que se dijese.

Porque yo os pregunto, Juliano: ¿No es cosa cierta que comunicó Dios con Abraham este secreto, que se había de hacer hombre y nacer de su linaje de él?

—Cosa cierta es—respondió—; y así lo testifica El mismo en el Evangelio, diciendo: *Abraham deseó ver mi día; vióle y gozóse.*

—Pues ¿no es cierto también—prosiguió Marcelo—que este mismo misterio lo tuvo Dios escondido hasta que lo obró, no sólo de los demonios, sino aun de mucho de los ángeles?

—Así se entiende—respondió Juliano—de lo que escribe San Pablo.

—Por manera—dijo Marcelo—que era caso secreto éste, y cosa que pasaba entre Dios y Abraham y algunos de sus sucesores, conviene a saber, los sucesores principales y las cabezas de linaje, con los cuales, de uno en otro y como de mano en mano, se había comunicado este hecho y promesa de Dios.

—Así—respondió Juliano—parece.

—Pues siendo así—añadió Marcelo—y siendo también manifiesto que Moisén, en el lugar de que hablamos, cuando dijo a Dios: *Yo, Señor, iré, como me lo mandas, a los hijos de Israel y les diré:*

El Dios de vuestros padres me envía a vosotros;
mas si me preguntaren cómo se llama ese Dios,
¿qué les responderé? Así que, siendo manifiesto
que Moisén, por estas palabras que he referido,
pidió a Dios alguna seña cierta de sí, por la cual,
así el mismo Moisés como los principales del
pueblo de Israel, a quien había de ir con aquella
embajada, quedasen saneados que era su verdadero Dios el que le había aparecido y le enviaba,
y no algún otro espíritu falso y engañoso; por
manera que, pidiendo Moisés a Dios una seña
como ésta, y dándosela Dios en aquellas palabras, diciéndole: *Diles: El que seré, seré, seré, me*
envía a vosotros; la razón misma nos obliga a
entender que lo que Dios dice por estas palabras
era cosa secreta y encubierta a cualquier otro
espíritu, y seña que sólo Dios y aquellos a quien
se había de decir la sabían, y que era como la
tesera militar, o lo que en la guerra decimos *dar*
nombre, que está secreto entre solos el capitán y
los soldados que hacen cuerpo de guardia. Y por
la misma razón se concluye que lo que dijo Dios
a Moisés en estas palabras es el misterio que he
dicho; porque este solo misterio era el que
sabían solamente Dios y Abraham y sus sucesores, y el que solamente entre ellos estaba
secreto.

Que lo demás que entienden algunos haber
significado y declarado Dios de sí a Moisés en
este lugar, que es su perfección infinita, y ser El
el mismo ser por esencia, notorio era no solamente a los ángeles, pero también a los demonios; y aun a los hombres sabios y doctos es
manifiesto que Dios es ser por esencia y que es
ser infinito, porque es cosa que con la luz natural
se conoce. Y así, cualquier otro espíritu que qui-
siera engañar a Moisés y vendérsele por su Dios

verdadero, lo pudiera, mintiendo, decir de sí mismo; y no tuviera Moisés, con oír esta seña, ni para salir de duda bastante razón, ni cierta señal para sacar de ella a los príncipes de su pueblo a quien iba.

Mas el lugar que dije al principio, del cual el papel se olvidó, es lo que en el capítulo sexto del libro de los *Números* mandó Dios al sacerdote que dijese sobre el pueblo cuando le bendijese, que es esto: *Descubra Dios sus faces a ti y haya piedad de ti. Vuelva Dios sus faces a ti y dete paz.* Porque no podemos dudar sino que Cristo y su nacimiento entre nosotros son estas faces que el sacerdote pedía en este lugar a Dios que descubriese a su pueblo; como Teodoreto y como San Cirilo lo afirman, doctores santos y antiguos. Y demás de su testimonio, que es de grande autoridad, se convence lo mismo de que en el Salmo sesenta y seis, en el cual, según todos lo confiesan, David pide a Dios que envíe al mundo a Jesucristo, comienza el Profeta con las palabras de esta bendición y casi la señala con el dedo y la declara, y no le falta sino decir a Dios claramente: « La bendición que por orden tuya echa sobre el pueblo el sacerdote, eso, Señor, es lo que te suplico; y te pido que nos descubras ya a tu Hijo y Salvador nuestro, conforme a como la voz pública de tu pueblo lo pide. » Porque dice de esta manera: *Dios haya piedad de nosotros y nos bendiga. Descubra sobre nosotros sus faces y haya piedad de nosotros.*

Y en el libro del *Eclesiástico*, después de haber el Sabio pedido a Dios con muchas y muy ardientes palabras la salud de su pueblo y el quebrantamiento de la soberbia y pecado, y la libertad de los humildes opresos, y el allegamiento de los buenos esparcidos, y su venganza y honra, y su deseado juicio, con la manifestación de su ensalzamiento sobre todas las naciones del mundo, que es puntualmente pedirle a Dios la primera y la segunda venida de Cristo, concluye al fin y dice : *Conforme a la bendición de Aarón, así, Señor, haz con tu pueblo y enderézanos por el camino de tu justicia.* Y sabida cosa es que el camino de la justicia de Dios es Jesucristo, así como El mismo lo dice : *Yo soy el camino, y la verdad, y la vida.* Y pues San Pablo dice, escribiendo a los de Efeso : *Bendito sea el Padre y Dios de nuestro señor Jesucristo, que nos ha bendecido con toda bendición espiritual y sobrecelestial en Jesucristo* ; viene maravillosamente muy bien que en la bendición que se daba al pueblo antes que Cristo viniese, no se demandase ni desease de Dios otra cosa sino sólo a Cristo, fuente y origen de toda feliz bendición ; y viene muy bien que consuenen y se respondan así estas dos Escrituras, nueva y antigua. Así, que las *faces* de Dios que se piden en aqueste lugar son Cristo sin duda.

Y concierta con esto ver que se piden dos veces, para mostrar que son dos sus venidas. En lo cual es digno de considerar lo justo y lo propio de las palabras que el Espíritu Santo da a cada cosa. Porque en la primera venida dice *descubrir*, diciendo : *Descubra sus faces Dios*, porque en ella comenzó Cristo a ser visible en el mundo. Mas en la segunda dice *volver*, diciendo : *Vuelva Dios sus faces*, porque entonces volverá otra vez a ser visto. En la primera, según otra letra, dice *lucir*, porque la obra de aquella venida fué desterrar del mundo la noche del error, y como dijo San Juan : *Resplandecer en las tinieblas la luz.* Y así Cristo por esta causa es llamado *Luz y Sol de justicia.* Mas en la segunda dice *ensalzar*, porque el

71

que vino antes humilde, vendrá entonces alto y glorioso; y vendrá, no a dar ya nueva doctrina, sino a repartir el castigo y la gloria.

Y aun en la primera dice : *Haya piedad de vosotros*, conociendo y como señalando que se habían de haber ingrata y cruelmente con Cristo, y que habían de merecer por su ceguedad e ingratitud ser por Él consumidos ; y por esta causa le pide que se apiade de ellos y que no los consuma. Mas en la segunda dice que *Dios les dé paz*, esto es, que dé fin a su tan luengo trabajo, y que los guíe a puerto de descanso después de tan fiera tormenta ; y que los meta en el abrigo y sosiego de su Iglesia, y en la paz de espíritu que hay en ella y en todas sus espirituales riquezas. O dice lo primero porque entonces vino Cristo solamentea perdonar lo pecado y a *buscar lo perdido*, como Él mismo lo dice ; y lo segundo, porque ha de venir después a dar paz y reposo al trabajo santo y a remunerar lo bien hecho.

Mas, pues Cristo tiene este nombre, es de ver ahora por qué le tiene. En lo cual conviene advertir que, aunque Cristo se llama y es cara de Dios por dondequiera que le miremos, porque según que es hombre, se nombra así, y según que es Dios y en cuanto es el Verbo, es también propia y perfectamente *imagen y figura del Padre*, como San Pablo le llama en diversos lugares ; pero lo que tratamos ahora es lo que toca a el ser de hombre, y lo que buscamos es el título por donde la naturaleza humana de Cristo merece ser llamada *sus faces*. Y para decirlo en una palabra, decimos que Cristo hombre es *Faces* y *Cara de Dios*, porque como cada uno se conoce en la cara, así Dios se nos representa en Él, y se nos demuestra quién es clarísima y perfectísimamente. Lo cual en tanto es verdad, que por ninguna de las criaturas por sí, ni por la universidad de ellas juntas, los rayos de las divinas condiciones y bienes relucen y pasan a nuestros ojos, ni mayores ni más claros, ni en mayor abundancia que por el alma de Cristo, y por su cuerpo y por todas sus inclinaciones, hechos y dichos, con todo lo demás que pertenece a su oficio.

Y comencemos por el cuerpo, que es lo primero y más descubierto; en el cual, aunque no le vemos, mas por la relación que tenemos de él, y entretanto que viene aquel bienaventurado día en que por su bondad infinita esperamos verle amigo para nosotros y alegre; así que, dado que no le veamos, pero pongamos ahora con la fe los ojos en aquel rostro divino y en aquellas figuras de El, figuradas con el dedo del Espíritu Santo; y miremos el semblante hermoso y la postura grave y suave, y aquellos ojos y boca, ésta nadando siempre en dulzura, y aquéllos muy más claros y resplandecientes que el sol; y miremos toda la compostura del cuerpo, su estado, su movimiento, sus miembros concebidos en la misma pureza, y dotados de inestimable belleza.

Mas ¿para qué voy menoscabando este bien con mis pobres palabras, pues tengo las del mismo Espíritu que le formó en el vientre de la sacratísima Virgen, que nos le pintan en el libro de los *Cantares* por la boca de la enamorada pastora, diciendo: *Blanco y colorado, trae bandera entre los millares. Su cabeza oro de Tíbar. Sus cabellos enriscados y negros, sus ojos como los de las palomas, junto a los arroyos de las aguas, bañadas en leche; sus mejillas como eras de plantas olorosas de los olores de confección; sus labios violetas, que destilan preciada mirra. Sus manos rollos llenos de oro de tarsis. Su vientre bien como el marfil adornado de zafiros. Sus piernas colum-*

73

*nas de mármol fundadas sobre bases de oro fino;
el su semblante como el del Líbano, erguido como
los cedros; su paladar, dulzuras, y todo El deseos?*

Pues pongamos los ojos en esta acabada beldad, y contemplémosla bien; y conoceremos que
todo lo que puede caber de Dios en un cuerpo, y
cuanto le es posible participar de él, y retraerle y
figurarle y asemejársele, todo esto, con ventajas
grandísimas, entre todos los otros cuerpos resplandece en aqueste; y veremos que en su género
y condición es como un retrato vivo y perfecto.
Porque lo que en el cuerpo es color (que quiero,
para mayor evidencia, cotejar por menudo cada
una cosa con otra, y señalar en este retrato suyo
que formó Dios de hecho, habiéndole pintado
muchos años antes con las palabras, cuán enteramente responde todo con su verdad; aunque por
no ser largo, diré poco de cada cosa, o no la diré,
sino tocarla he solamente); por manera que el
color en el cuerpo, el cual resulta de la mezcla de
las cualidades y humores que hay en él, y que es
lo primero que se viene a los ojos, responde a la
liga, o si lo podemos decir así, a la mezcla y
tejido que hacen entre sí las perfecciones de Dios.
Pues así como se dice de aquel color que se tiñe
de colorado y de blanco, así toda esta mezcla
secreta se colora de sencillo y amoroso. Porque lo
que luego se nos ofrece a los ojos, cuando los
alzamos a Dios, es una verdad pura y una perfección simple y sencilla que ama.

Y asimismo la cabeza en el cuerpo dice con lo
que en Dios es la alteza de su saber. Aquélla,
pues, es de *oro de Tíbar*, y ésta son tesoros de
sabiduría. Los cabellos, que de la cabeza nacen,
se dicen ser *enriscados* y *negros*; los pensamientos y consejos que proceden de aquel saber, son
ensalzados y oscuros. Los ojos de la Providencia

de Dios y los ojos de aqueste cuerpo son unos ; que éstos miran, *como palomas bañadas en leche*, las aguas ; aquéllos atienden y proveen a la universidad de las cosas con suavidad y dulzura grandísima, dando a cada una su sustento, y como digamos su leche.

Pues ¿qué diré de las mejillas, que aquí son *eras olorosas de plantas*, y en Dios son su justicia y su misericordia, que se descubren y se le echan más de ver, como si dijésemos, en el uno y en el otro lado del rostro, y que esparcen su olor por todas las cosas ? Que, como es escrito, *Todos los caminos del Señor son misericordia y verdad*.

Y la boca y los labios, que son en Dios los avisos que nos da y las Escrituras santas donde nos habla, así como en este cuerpo son *violetas y mirra*, así en Dios tienen mucho de encendido y de amargo, con que enciende a la virtud y amargan y amortiguan el vicio. Y ni más ni menos, lo que en Dios son las manos, que son el poderío suyo para obrar y las obras hechas por El, son semejantes a las de este cuerpo, hechas como *rollos de oro rematados en tarsis* ; esto es, son perfectas y hermosas y todas muy buenas, como la Escritura lo dice : *Vió Dios todo lo que hiciera, y todo era muy bueno*.

Pues para las entrañas de Dios y para la fecundidad de su virtud, que es como el vientre donde todo se engendra, ¿qué imagen será mejor que este vientre blanco y como hecho de *marfil y adornado de zafiros* ?

Y las piernas del mismo, que son hermosas y firmes, *como mármoles sobre basas de oro*, clara pintura sin duda son de la firmeza divina no mudable, que es como aquello en que Dios estriba.

Es también *su semblante como el del Líbano,*

que es como la altura de la naturaleza divina, llena de majestad y belleza. Y, finalmente, es *dulzuras su paladar, y deseos todo él*; para que entendamos del todo cuán merecidamente este cuerpo es llamado imagen y *faces* y cara de Dios, el cual es dulcísimo y amabilísimo por todas partes, así como es escrito : *Gustad y ved cuán dulce es el Señor ; y cuán grande es, Señor, la muchedumbre de tu dulzura, que escondiste para los que te aman.*

Pues si en el cuerpo de Cristo se descubre y reluce tanto la figura divina, ¿cuánto más expresa imagen suya será su santísima alma ? La cual verdaderamente, así por la perfección de su naturaleza como por los tesoros de sobrenaturales riquezas que Dios en ella ayuntó, se asemeja a Dios y le retrata más vecina y acabadamente que otra criatura ninguna. Y después del mundo original, que es el Verbo, el mayor mundo y el más vecino al original es aquesta divina alma ; y el mundo visible, comparado con ella, es pobreza y pequeñez ; porque Dios sabe y tiene presente delante de los ojos de su conocimiento todo lo que es y puede ser ; y el alma de Cristo ve con los suyos todo lo que fué, es y será.

En el saber de Dios están las ideas y las razones de todo, y en esta alma el conocimiento de todas las artes y ciencias. Dios es fuente de todo el ser, y el alma de Cristo de todo el buen ser, quiero decir, de todos los bienes de gracia y justicia, con que lo que es se hace justo y bueno y perfecto ; porque de la gracia que hay en El mana toda la nuestra. Y no sólo es gracioso en los ojos de Dios para sí, sino para nosotros también ; porque tiene justicia, con que parece en el acatamiento de Dios amable sobre todas las criaturas ; y tiene justicia poderosa para hacerlas amables a todas, infundiendo en sus vasos de cada una algún efecto de aquella su grande virtud, como es escrito : *De cuya abundancia recibimos todos gracia por gracia*, esto es, de una gracia otra gracia ; de aquella gracia, que es fuente, otra gracia que es como su arroyo ; y de aquel dechado de gracia que está en El, un traslado de gracia, o una otra gracia trasladada que mora en los justos.

Y, finalmente, Dios cría y sustenta al universo todo, y le guía y endereza a su bien ; y el alma de Cristo recría y repara y defiende, y continuamente va alentando e inspirando para lo bueno y lo justo, cuanto es de su parte, a todo el género humano.

Dios se ama a sí y se conoce infinitamente ; y ella le ama y le conoce con un conocimiento y amor, en cierta manera infinito. Dios es sapientísimo, y ella de inmenso saber ; Dios poderoso, y ella sobre toda fuerza natural poderosa. Y como, si pusiésemos muchos espejos en diversas distancias delante de un rostro hermoso, la figura y facciones de él, en el espejo que le estuviese más cerca, se demostraría mejor, así esta alma santísima, como está junta, y si lo hemos de decir así, apegadísima por unión personal al Verbo Divino, recibe sus resplandores en sí y se figura de ellos más vivamente que otro ninguno.

Pero vamos más adelante, y pues hemos dicho del cuerpo de Cristo y de su alma por sí, digamos de lo que resulta de todo junto, y busquemos en sus inclinaciones y condición y costumbres estas *faces* e imagen de Dios.

El dice de sí *que es manso y humilde, y nos convida a que aprendamos a serlo de El*. Y mucho antes el profeta Isaías, viéndolo en espíritu, nos le pintó con las mismas condiciones, diciendo : *No dará voces ni será aceptador de personas, y su voz no sonará fuera. A la caña quebrantada no quebrará, ni sabrá hacer mal ni aun a una poca de estopa, que echa humo. No será acedo ni revoltoso.* Y no se ha de entender que es Cristo manso y humilde por virtud de la gracia que tiene solamente, sino, así como por inclinación natural son bien inclinados los hombres, unos a una virtud y otros a otra, así también la humanidad de Cristo, de su natural compostura, es de condición llena de llaneza y mansedumbre.

Pues con ser Cristo, así por la gracia que tenía como por la misma disposición de su naturaleza, un dechado de perfecta humildad; por otra parte, tiene tanta alteza y grandeza de ánimo, que cabe en El, sin desvanecerle, el ser Rey de los hombres y Señor de los ángeles y Cabeza y Gobernador de todas las cosas, y el ser adorado de todas ellas y el estar a la diestra de Dios, unido con El y hecho una persona con El. Pues ¿qué es esto sino ser *Faces* del mismo Dios?

El cual, con ser tan manso como la enormidad de nuestros pecados y la grandeza de los perdones suyos, y no sólo de los perdones, sino de las maneras que ha usado para nos perdonar lo testifican y enseñan, es también tan alto y tan grande como lo pide el nombre de Dios, y como lo dice Job con galana manera: *Alturas de cielos, ¿qué harás? Honduras de abismo, ¿cómo le entenderás? Longura más que tierra medida suya, y anchura allende del mar.* Y juntamente con esta inmensidad de grandeza y celsitud, podemos decir que se humilla tanto y se allana con sus criaturas, que tiene cuenta con los pajaricos y provee a las hormigas, y pinta las flores y desciende hasta lo más bajo del centro y hasta los más viles gusanos. Y, lo que es más claro argumento de su llana bondad, mantiene y acaricia a los pecadores y los alumbra con esta luz hermosa que vemos ; y estando altísimo en sí, se abaja con sus criaturas, y como dice el Salmo : *Estando en el cielo, está también en la tierra.*

Pues ¿qué diré del amor que nos tiene Dios, y de la caridad para con nosotros que arde en el alma de Cristo ? ¿De lo que Dios hace por los hombres, y de lo que la humanidad de Cristo ha padecido por ellos ? ¿Cómo los podré comparar entre sí, o qué podré decir, cotejándolos, que más verdadero sea, que es llamar a esto *Faces* e imagen de aquello ? Cristo nos amó hasta darnos su vida ; y Dios, inducido de nuestro amor, porque no puede darnos la suya, danos la de su Hijo, Cristo, porque no padezcamos infierno y porque gocemos nosotros del cielo, padece prisiones y azotes y afrentosa y dolorosa muerte. Y Dios, por el mismo fin, ya que no era posible padecerla en su misma naturaleza, buscó y halló orden para padecerla por su misma persona. Y aquella voluntad ardiente y encendida, que la naturaleza humana de Cristo tuvo de morir por los hombres, no fué sino como una llama que se prendió del fuego de amor y deseo, que ardían en la voluntad de Dios, de hacerse hombre para morir por ellos.

No tiene fin este cuento ; y cuanto más desplego las velas, tanto hallo mayor camino que andar, y se me descubren nuevos mares cuanto más navego ; y cuanto más considero estas *faces,* tanto por más partes se me descubren en ellas el ser y las perfecciones de Dios.

Mas conviéneme ya recoger, y hacerlo he con decir solamente que así como Dios es trino y uno, trino en personas y uno en esencia, así Cristo y sus fieles, por representar en esto también a Dios, son en personas muchos y diferentes ; mas, como ya comenzamos a decir, y diremos más largamente después, en espíritu y en una unidad secreta, que se explica mal con palabras y que se entiende bien por los que la gustan, son uno mismo. Y dado que las cualidades de gracia y de justicia y de los demás dones divinos que están en los justos, sean en razón semejantes, y divididos y diferentes en número; pero el espíritu que vive en todos ellos, o por mejor decir, el que los hace vivir vida justa, y el que los alienta y menea, y el que despierta y pone en obra las mismas cualidades y dones que he dicho, es en todos uno y solo, y el mismo de Cristo. Y así vive en los suyos El, y ellos viven por El y todos en El; y son uno mismo multiplicado en personas, y, en cualidad y sustancia de espíritu, simple y sencillo, conforme a lo que podió a su Padre, diciendo: *Para que sean todos una cosa, así como somos una cosa nosotros.*

Dícese también Cristo *Faces* de Dios porque, como por la cara se conoce uno, así Dios por medio de Cristo quiere ser conocido. Y el que sin este medio le conoce, no le conoce; y por esto dice El de sí mismo: *que manifestó el nombre de su Padre a los hombres.* Y es llamado *puerta y entrada* por la misma razón; porque El sólo nos guía y encamina y hace entrar en el conocimiento de Dios y en su amor verdadero.

Y baste haber dicho hasta aquí de lo que toca a este nombre.

Y dicho esto, Marcelo calló; y Sabino prosiguió luego.

CAMINO

[Es Cristo llamado *Camino, y por qué se le atribuye este nombre.*]

Llámase también Camino *Cristo en la Sagrada Escritura. El mismo se llama así en San Juan, en el capítulo catorce :* « Yo, dice, soy camino, verdad y vida ». *Y puede pertenecer a esto mismo lo que dice Isaías en el capítulo treinta y cinco :* « Habrá entonces senda y camino, y será llamado camino santo, y será para vosotros camino derecho ». *Y no es ajeno de ello lo del Salmo quince :* « Hiciste que me sean manifiestos los caminos de vida ». *Y mucho menos lo del Salmo sesenta y seis :* « Para que conozcan en la tierra tu camino », *y declara luego qué camino :* « En todas las gentes tu salud », que es nombre de Jesús.

—No será necesario—dijo Marcelo, luego que Sabino hubo leído esto—probar que *Camino* es nombre de Cristo, pues El mismo se le pone. Mas es necesario ver y entender la razón por qué se le pone y lo que nos quiso enseñar a nosotros llamándose a sí *Camino* nuestro. Y aunque esto en parte está ya dicho, por el parentesco que este nombre tiene con el que acabamos de decir ahora, porque ser *Faces* y ser *Camino* en una cierta razón es lo mismo ; mas porque, además de aquello, encierra este nombre otras muchas consideraciones en sí, será conveniente que particularmente digamos de él.

Pues para esto, lo primero se debe advertir que *camino* en la Sagrada Escritura se toma en diversas maneras. Que algunas veces *camino* en ella significa la condición y el ingenio de cada uno, y su inclinación y manera de proceder, y lo que suelen llamar *estilo* en romance, o lo que llaman *humor* ahora. Conforme a esto es lo de David en el Salmo, cuando hablando de Dios dice : *Manifestó a Moisés sus caminos*. Porque los caminos de Dios que llaman allí, son aquello que el mismo Salmo dice luego, que es lo que Dios manifestó de su condición en el *Exodo*, cuando se le demostró en el monte y en la peña, poniéndole la mano en los ojos pasó por delante de El, y en pasando le dijo : *Yo soy amador entrañable, y compasivo mucho, y muy sufrido, largo en misericordia y verdadero, y que castigo hasta lo cuarto y uso de piedad hasta lo mil*. Así que estas buenas condiciones de Dios y estas entrañas suyas son allí *sus caminos*.

Camino se llama en otra manera la profesión de vivir que escoge cada uno para sí mismo, y su intento y aquello que pretende o en la vida o en algún negocio particular, y lo que se pone como por blanco.

Y en esta significación dice el Salmo : *Descubre tu camino al Señor, y El lo hará*. Que es decirnos David que pongamos nuestros intentos y pretensiones en los ojos y en las manos de Dios, poniendo en su providencia confiadamente el cuidado de ellos, y que con esto quedemos seguros de El que los tomará a su cargo y les dará buen suceso. Y si los ponemos en sus manos, cosa debida es que sean cuales ellas son ; esto es, que sean, de cualidad que se pueda encargar de ellos Dios, que es justicia y bondad. Así que, de una vez y por unas mismas palabras, nos avisa allí de dos cosas el Salmo. Una, que no pretendamos negocios ni prosigamos intentos en que no se pueda pedir la ayuda de Dios. Otra, que después de así apurados y justificados, no los fiemos de nuestras fuerzas, sino que los echemos en las suyas, y nos remitamos a El con esperanza segura.

La obra que cada uno hace, también es llamada *camino* suyo. En los *Proverbios* dice la Sabiduría de sí : *El Señor me crió en el principio de sus caminos* ; esto es, soy la primera cosa que procedió de Dios. Y del elefante se dice en el libro de Job que es el *principio de los caminos de Dios* ; porque entre las obras que hizo Dios cuando crió a los animales, es obra muy aventajada. Y en el *Deuteronomio* dice Moisés que *son juicio los caminos de Dios* ; queriendo decir que sus obras son santas y justas. Y el justo desea y pide en el Salmo que *sus caminos*, esto es, sus pasos y obras se enderecen siempre a *cumplir lo que Dios le manda que haga.*

Dícese más *camino* el precepto y la ley. Así lo usa David : *Guardé los caminos del Señor y no hice cosa mala contra mi Dios.* Y más claro en otro lugar : *Corrí por el camino de tus mandamientos, cuando ensanchaste mi corazón.*

Por manera que este nombre *camino*, demás de lo que significa con propiedad, que es aquello por donde se va a algún lugar sin error, pasa su significación a otras cuatro cosas por semejanza : a la inclinación, a la profesión, a las obras de cada uno, a la ley y preceptos, porque cada una de estas cosas encamina al hombre a algún paradero, y el hombre por ellas, como por camino, se endereza a algún fin. Que cierto es que la ley guía, y las obras conducen, y la profesión ordena, y la inclinación lleva cada cual a su cosa.

Esto así presupuesto, veamos por qué razón de éstas Cristo es dicho *Camino* ; o veamos si por todas ellas lo es, como lo es, sin duda, por todas.

Porque, cuanto a la propiedad del vocablo, así como aquel camino, y señaló Marcelo con el dedo, porque se parecía de allí, es el de la corte porque lleva a la corte y a la morada del Rey a todos los que enderezan sus pasos por él, así Cristo es el camino del cielo, porque, si no es poniendo las pisadas en él y siguiendo su huella, ninguno va al cielo. Y no sólo digo que hemos de poner los pies donde El puso los suyos, y que nuestras obras, que son nuestros pasos, han de seguir a las obras que El hizo, sino que, lo que es propio al camino, nuestras obras han de ir andando sobre él, porque, si salen de él, van perdidas. Que cierto es que el paso y la obra que en Cristo no estriba y cuyo fundamento no es El, no se adelanta ni se allega hacia el cielo.

Muchos de los que vivieron sin Cristo abrazaron la pobreza y amaron la castidad y siguieron la justicia, modestia y templanza ; por manera que quien no lo mirara de cerca, juzgara que iban por donde Cristo fué y que se parecían a El en los pasos ; mas como no estribaban en El, no siguieron camino ni llegaron al cielo. La oveja perdida, que fueron los hombres, el Pastor que la halló, como se dice en San Lucas, no la trajo al rebaño por sus pies de ella ni guiándola delante de sí, sino *sobre sí y sobre sus hombros*. Porque, si no es sobre El, no podemos andar, digo, no será de provecho para ir al cielo lo que sobre otro suelo anduviéremos.

¿No habéis visto algunas madres, Sabino, que teniendo con sus dos manos las dos de sus niños, hacen que sobre sus pies de ellas pongan ellos sus pies, y así los van allegando a sí y los abrazan y son juntamente su suelo y su guía? ¡Oh piedad la de Dios! Esta misma forma guardáis, Señor, con nuestra flaqueza y niñez. Vos nos dáis la mano de vuestro favor; Vos hacéis que pongamos en vuestros bien guiados pasos los nuestros; Vos hacéis que subamos; Vos que nos adelantemos; Vos sustentáis nuestras pisadas siempre en Vos mismo, hasta que, avecinados a Vos, en la manera de vecindad que os contenta, con nudo estrecho nos ayuntáis en el cielo.

Y porque, Juliano, los caminos son en diferentes maneras, que unos son llanos y abiertos, y otros estrechos y de cuesta, y unos más largos, y otros que son como sendas de atajo; Cristo, verdadero *Camino* y universal, cuanto es de su parte, contiene todas estas diferencias en sí; que tiene llanezas abiertas y sin dificultad de tropiezos, por donde caminan descansadamente los flacos, y tiene sendas más estrechas y altas para los que son de más fuerza; y tiene rodeos para unos, porque así les conviene, y ni más ni menos por donde atajen y abrevien los que se quisieren apresurar.

Mas veamos lo que escribe de este nuestro *camino* Isaías: *Y habrá allí senda y camino, y será llamado camino santo. No caminará por él persona no limpia, y será derecho este camino para vosotros; los ignorantes en él no se perderán. No habrá león en él, ni bestia fiera, ni subirá por él*

ninguna mala alimaña. Caminarle han los libra-
dos, y los redimidos por el Señor volverán, y ven-
drán a Sión con loores y gozo sobre sus cabezas sin
fin. Ellos asirán del gozo y de la alegría, y el dolor y
el gemido huirá de ellos.

Lo que dice *senda*, la palabra original significa
todo aquello que es paso, por donde se va de una
cosa a otra ; pero no como quiera paso, sino paso
algo más levantado que los demás del suelo que
le está vecino, y paso llano, o porque está enlo-
sado, o porque está limpio de piedras y libre de
tropiezos. Y conforme a esto, unas veces significa
esta palabra las gradas de piedra por donde se
sube, y otras la calzada empedrada y levantada
del suelo, y otras la senda que se ve ir limpia en la
cuesta, dando vueltas desde la raíz a la cumbre. Y
todo ello dice con Cristo muy bien, porque es calzada y sendero, y escalón llano y firme. Que es
decir que tiene dos cualidades este camino : la
una de alteza, y la otra de desembarazo, las
cuales son propias así a lo que llamamos gradas
como a lo que decimos sendero o calzada.
Porque es verdad que todos los que caminan por
Cristo van altos y van sin tropiezos. Van altos, lo
uno porque suben ; suben, digo, porque su caminar es propiamente subir ; porque la virtud cris-
tiana siempre es mejoramiento y adelantamiento
del alma. Y así, los que andan y se ejercitan en
ella forzosamente crecen, y el andar mismo es
hacerse de continuo mayores ; al revés de los que
siguen la vereda del vicio, que siempre descien-
den, porque el ser vicioso es deshacerse y venir a
menos de lo que es ; y cuanto va más se menoscaba y disminuye, y viene por sus pasos contados, primero a ser bruto, y después a menos que
bruto, y finalmente a ser casi nada.

Los hijos de Israel, cuyos pasos desde Egipto

hasta Judea fueron imagen de esto, siempre fueron subiendo por razón del sitio y disposición de la tierra. Y en el templo antiguo, que también fué figura, por ninguna parte se podía entrar sin subir. Y así el Sabio, aunque por semejanza de resplandor y de luz, dice lo mismo así de los que caminan por Cristo como de los que no quieren seguirle. De los unos dice : *La senda de los justos, como luz que resplandece, y crece y va a adelante hasta que sube a ser día perfecto.* De los otros, en un particular que los comprende : *Desciende*, dice *a la muerte su casa, y a los abismos sus sendas.* Pues esto es lo uno. Lo otro, va altos porque van siempre lejos del suelo, que es lo más bajo. Y van lejos de él, porque lo que el suelo ama, ellos lo aborrecen ; lo que sigue, huyen ; y lo que estima, desprecian. Y lo último, van así porque huellan sobre lo que el juicio de los hombres tiene puesto en la cumbre, las riquezas, los deleites, las honras.

Y esto cuanto a la primera cualidad de la alteza.

Y lo mismo se ve en la segunda, de llaneza y de carecer de tropiezos. Porque el que endereza sus pasos conforme a Cristo no se encuentra con nadie ; a todos les da ventaja ; no se opone a sus pretensiones ; no les contramina sus designos ; sufre sus iras, sus injurias, sus violencias ; y si le maltratan y despojan los otros, nos se tiene por despojado, sino por desembarazado y más suelto para seguir su viaje. Como al revés, hallan los que otro camino llevan, a cada paso innumerables estorbos, porque pretenden otros los que ellos pretenden, y caminan todos a un fin, y a fin en que los unos a los otros se estorban ; y así se ofenden cada momento y tropiezan entre sí mismos, y caen, y paran, y vuelven atrás, desesperados de llegar adonde iban. Mas en Cristo, como hemos dicho, no se halla tropiezo, porque es como *camino* real en que todos los que quieren caben sin embarazarse.

Y no solamente es Cristo *Grada y Calzada y Sendero* por estas dos cualidades dichas, que son comunes a todas estas tres cosas, sino también por lo propio de cada una de ellas comunican su nombre con El ; porque es grada para la entrada del templo del cielo, y sendero que guía sin error a lo alto del monte adonde la virtud hace vida, y calzada enjuta y firme, en quien nunca o el paso engaña o desliza o tituba el pie. Que los otros caminos más verdaderamente son deslizaderos o despeñaderos, que cuando menos se piensa, o están cortados, o debajo de los pies se sumen ellos y echa en vacío el pie el miserable que caminaba seguro.

Y así Salomón dice : *El camino de los malos, barranco y abertura honda.* ¿Cuántos en las riquezas y por las riquezas, que buscaron y hallaron, perdieron la vida ? ¿Cuántos, caminando a la honra, hallaron su afrenta ? Pues del deleite ¿qué podemos decir, sino que su remate es dolor ? Pues no desliza así ni hunde los pasos el que nuestro *camino* sigue, porque los pone en piedra firme de continuo. Y por eso dice David : *Está la ley de Dios en su corazón ; no padecerán engaños sus pasos. Y Salomón : El camino de los malos, como valladar de zarzas ; la senda del justo sin cosa que le ofenda.*

Pero añade Isaías : *Senda y Camino, y será llamado santo.* En el original la palabra *camino* se repite tres veces, de esta manera. *Y será camino, y camino, y camino llamado santo* ; porque Cristo es *Camino* para todo género de gente. Y todos ellos, los que caminan en él, se reducen a tres : a principiantes, que llaman, en la virtud ; a aprovechados en ella ; a los que nombran perfectos. De los cuales tres órdenes se compone todo lo escogido de la Iglesia, así como su imagen, el templo antiguo, se componía de tres partes, portal y palacio y sagrario ; y como los aposentos que estaban apegados a él y cercaban a la redonda por los dos lados y por las espaldas se repartían en tres diferencias, que unos eran piezas bajas, otros entresuelos y otros sobrados. Es, pues, Cristo tres veces *camino*, porque es calzada allanada y abierta para los imperfectos, y *camino* para los que tienen más fuerza, y *camino* santo para los que son ya perfectos en El.

Dice más : *No pasará por él persona no limpia* ; porque, aunque en la Iglesia de Cristo y en su cuerpo místico hay muchas no limpias, mas los que pasan por él todos son limpios ; quiero decir que el andar en él siempre es limpieza, porque los pasos que no son limpios no son pasos hechos sobre este *Camino*. Y son limpios también todos los que pasan por él, no todos los que comienzan en él, sino todos los que comienzan, y demedian, y pasan hasta llegar al fin, porque el no ser limpio es parar o volver atrás o salir del camino. Y así, el que no parare, sino pasare, como dicho es, forzosamente ha de ser limpio.

Y parece aún más claro de lo que se sigue : *Y será camino derecho para vosotros*. Adonde el original dice puntualmente : *Y El les andará el camino, o El a ellos les es el camino que andan*. Por manera que Cristo es el *Camino* nuestro, y el que anda también el camino ; porque anda El andando nosotros o, por mejor decir, andamos nosotros porque anda El y porque su movimiento nos mueve. Y así El mismo es el *Camino* que andamos y el que anda con nosotros, y el que nos incita para que andemos. Pues cierto es que Cristo no hará compañía a lo que no fuere limpieza. Así que no camina aquí lo sucio ni se adelanta lo que es pecador, porque ninguno camina aquí, si Cristo no camina con él. Y de esto mismo nace lo que viene luego : *Ni los ignorantes se perderán en él.* Porque ¿quién se perderá con tal guía ? Mas ¡qué bien dice *los ignorantes* ! Porque los sabios, confiados de sí y que presumen valerse y abrir camino por sí, fácilmente se pierden ; antes de necesidad se pierden, si confían en sí. Mayormente que, si Cristo es El mismo guía y *camino*, bien se convence que es *camino* claro y sin vueltas, y que nadie lo pierde, si no lo quiere perder de propósito. *Esta es la voluntad de mi Padre*, dice El mismo, *que no pierda ninguno de los que me dió, sino que los traiga a vida en el día postrero.*

Y sin duda, Juliano, no hay cosa más clara a los ojos de la razón, ni más libre de engaño que el camino de Dios. Bien lo dice David : *Los mandamientos del Señor* (que son sus caminos), *lucidos, y que dan luz a los ojos. Los juicios suyos verdaderos y que se abonan a sí mismos.* Pero ya que el camino carece de error, ¿hácenlo por ventura peligroso las fieras, o saltean en él ? Quien lo allana y endereza, ése también lo asegura ; y así añade el Profeta : *No habrá león en él, ni andará por él bestia fiera.* Y no dice *andará*, sino *subirá* ; porque si, o la fiereza de la pasión, o el demonio, león enemigo, acomete a los que caminan aquí, si ellos perseveran en el camino, nunca los sobrepuja ni viene a ser superior suyo, antes queda siempre caído y bajo. Pues si éstos no, ¿quién andará ? *Y andarán*, dice, *en él los redimidos.* Porque primero es ser redimido que caminantes ; primero es que Cristo, por su gracia y por la justicia que pone en ellos, los libre de la culpa, a quien servían cautivos, y les desate las prisiones con que estaban atados; y después es que comiencen a andar. Que no somos redimidos por haber caminado primero, ni por los buenos pasos que dimos, ni venimos a la justicia por nuestros pies: *No por las obras justas que hicimos*, dice, *sino según su misericordia nos hizo salvos*. Así que no nace nuestra redención de nuestro camino y merecimiento, sino, redimidos una vez, podemos caminar y merecer después alentados con la virtud de aquel bien.

Y es en tanto verdad que solos los redimidos y libertados caminan aquí, y que primero que caminan son libres, que ni los que son libres y justos caminan ni se adelantan, sino con solos aquellos pasos quedan como justos y libres; porque la redención y la justicia y el espíritu que la hace, encerrado en el nuestro, y el movimiento suyo y las obras que de este movimiento y conforme a este movimiento hacemos, son para en este *camino los pies*.

Pues han de ser redimidos; mas ¿por quién redimidos? La palabra original lo descubre porque significa aquello a quien otro alguno por vía de parentesco y de deudo lo rescata, y como solemos decir, lo saca por el tanto. De manera que, si no caminan aquí sino aquellos a quien redime su deudo, y por vía de deudo, clara cosa será que solamente caminan los redimidos por Cristo, el cual es deudo nuestro por parte de la naturaleza nuestra, de que se vistió, y nos redime por serlo. Porque, como hombre, padeció por los hombres, y como hermano y cabeza de ellos pagó, según todo derecho, lo que ellos debían; y nos rescató para sí, como cosa que le pertenecíamos por sangre y linaje, como se dirá en su lugar.

Añade : *Y los redimidos por el Señor volverán a andar por él*. Esto toca propiamente a los del pueblo judaico, que en el fin de los tiempos se han de reducir a la Iglesia ; y, reducidos, comenzarán a caminar por este nuestro *Camino* con pasos largos, confesándole por Mesías. Porque, dice, *tornarán a este camino*, en el cual anduvieron verdaderamente primero, cuando sirvieron a Dios en la fe de su venida que esperaban ; y le agradaron ; y después se salieron de él, y no lo quisieron conocer cuando lo vieron, y así ahora no andan en él ; mas está profetizado que han de tornar. Y por eso dice que *volverán* otra vez al *camino los que el Señor redimió*. Y tiene cada una de estas palabras su particular razón, que demuestra ser así lo que digo. Porque lo primero, en el original, en lugar de lo que decimos *Señor*, está el nombre de Dios propio, el cual tiene particular significación de una *entrañable piedad* y misericordia. Y lo segundo, lo que decimos *redimidos*, al pie de la letra suena *redenciones o rescates* ; en manera que dice que los rescates o redenciones del Piadosíssimo tornarán a volver. Y llama rescates o redenciones a los de este linaje, porque no los rescató una sola vez de sus enemigos, sino muchas veces y en muchas maneras, como las Sagradas Letras lo dicen.

Y llámase en este particular *misericordiosísimo* a sí mismo ; lo uno, porque, aunque lo es siempre con todos, mas es cosa que admira el extremo de regalo y de amor con que trató Dios a aquel pueblo, desmereciéndolo él. Lo otro, porque, teniéndole tan desechado ahora y tan apartado de sí, y desechado y apartado con tan justa razón, como a infiel y homicida ; y pareciendo que no se acuerda ya de él, por haber pasado tantos siglos que le dura el enojo, después de tanto olvido y de tan luengo desecho, querer tornarle a su gracia, y de hecho tornarle, señal manifiesta es de que su amor para con él es entrañable y grandísimo ; pues no lo acaban ni las vueltas del tiempo tan largas, ni los enojos tan encendidos, ni las causas de ellos tan repetidas y tan justas.

Y señal cierta es que tiene en el pecho de Dios muy hondas raíces este querer, pues cortado y al parecer seco, torna a brotar con tanta fuerza. De arte, que Isaías llama *rescates* a los judíos, y a Dios le llama *piadoso*, porque sola su no vencida piedad para con ellos, después de tantos rescates de Dios, y de tantas y tan malas pagas de ellos, los tornará últimamente a librar ; y libres y ayuntados a los demás libertados que están ahora en la Iglesia, los pondrá en el camino de ella y los guiará derechamente por él.

Mas ¡qué dichosa suerte y qué gozoso y bienaventurado viaje, adonde el *Camino* es Cristo, y la guía de él es El mismo, y la guarda y la seguridad ni más ni menos es El, y adonde los que van por él son sus hechuras y rescatados suyos ! Y así todos ellos son nobles y libres ; *libres*, digo, de los demonios y rescatados de la culpa, y favorecidos contra sus reliquias, y defendidos de cualesquier acontecimientos malos, y alentados al bien con prendas y gustos de él ; y llamados a premios tan ricos, que la esperanza sola de ellos los hace bienandantes en cierta manera. Y así concluye, diciendo : *Y vendrán a Sión con loores y alegría « no perecedera » en sus cabezas ; asirán del gozo, y asirán del placer, y huirá de ellos el gemido y dolor*.

Y por esta manera es llamado *Camino* Cristo, según aquello que con propiedad significa ; y no menos lo es según aquellas cosas que por semejanza son llamadas así. Porque si el camino de cada uno son, como decíamos, las inclinaciones que tiene, y aquello a que le lleva su juicio y su gusto, Cristo con gran verdad es *Camino* de Dios ; porque es, como poco antes dijimos, imagen viva suya y retrato verdadero de sus inclinaciones y condiciones todas ; o, por decirlo mejor, es como una ejecución y un poner por obra todo aquello que a Dios le aplace y agrada más. Y si es camino el fin y el propósito que se pone cada uno a sí mismo para enderezar sus obras, *Camino* es sin duda Cristo, de Dios ; pues, como decíamos hoy al principio, después de sí mismo, Cristo es el fin principal a quien Dios mira en todo cuanto produce.

Y, finalmente, ¿cómo no será Cristo *Camino*, si se llama camino todo lo que es ley, regla y mandamiento que ordena y endereza la vida, pues es El sólo la ley ? Porque no solamente dice lo que hemos de obrar, mas obra lo que nos dice que obremos y nos da fuerzas para que obremos lo que nos dice. Y así, no manda solamente a la razón, sino hace en la voluntad ley de lo que manda, y se lanza en ella ; y, lanzado allí, es su bien y su ley.

Mas no digamos ahora de esto, porque tiene su propio lugar adonde después lo diremos.

Y dicho esto, calló Marcelo ; y Sabino abrió su papel y dijo :

PASTOR

[Llámase Cristo *Pastor*; por qué le conviene este nombre, y cuál es el oficio de pastor.]

Llámase también Cristo Pastor. *El mismo dice en San Juan :* « Yo soy buen Pastor ». *Y en la Epístola a los Hebreos dice San Pablo de Dios :* « Que resucitó a Jesús, Pastor grande de ovejas ». *Y San Pedro dice del mismo :* « Cuando apareciere el Príncipe de los Pastores. » *Y por los Profetas es llamado de la misma manera. Por Isaías en el capítulo cuarenta, por Ezequiel en el capítulo treinta y cuatro, por Zacarías en el capítulo once.*

Y Marcelo dijo luego :

—Lo que dije en el nombre pasado puedo también decir en éste, que es excusado probar que es nombre de Cristo, pues El mismo se le pone. Mas, como esto es fácil, así es negocio de mucha consideración el traer a luz todas las causas por qué se pone este nombre. Porque en esto que llamamos *pastor* se pueden considerar muchas cosas ; unas que miran propiamente a su oficio, y otras que pertenecen a las condiciones de su persona y su vida.

Porque lo primero, la vida pastoril es vida sosegada y apartada de los ruidos de las ciudades, y de los vicios y deleites de ellas. Es inocente, así por esto como por parte de el trato y granjería en que se emplea. Tiene sus deleites, y tantos mayores cuanto nacen de cosas más sencillas y más puras y más naturales : de la vista del cielo libre, de la pureza del aire, de la figura del campo, del verdor de las yerbas y de la belleza de las rosas y de las flores. Las aves con su canto y las aguas con su frescura le deleitan y sirven. Y así, por esta razón, es vivienda muy natural y muy antigua entre los hombres, que luego en los primeros de ellos hubo pastores ; y es muy usada por los mejores hombres que ha habido, que Jacob y los doce Patriarcas la siguieron, y David fué pastor ; y es muy alabada de todos, que, como sabéis, no hay poeta, Sabino, que no la cante y alabe.

—Cuando ninguno la loara—dijo Sabino entonces—basta para quedar muy loada lo que dice de ella el Poeta latino, que en todo lo que dijo venció a los demás, y en aquello parece que vence a sí mismo ; tanto son escogidos y elegantes los versos con que lo dice. Mas porque, Marcelo, decís de lo que es ser *pastor* y del caso que de los pastores la poesía hace, mucho es de maravillar con qué juicio los poetas, siempre que quisieron decir algunos accidentes de amor, los pusieron en los pastores, y usaron, más que de otros, de sus personas para representar esta pasión en ellas ; que así lo hizo Teócrito y Virgilio. Y ¿quién no lo hizo, pues el mismo Espíritu Santo, en el libro de los *Cantares*, tomó dos personas de pastores para por sus figuras de ellos y por su boca hacer representación del increíble amor que nos tiene ? Y parece, por otra parte, que son persons no convenientes para esta representación los pastores, porque son toscos y rústicos. Y no parece que se conforman ni que caben las finezas que hay en el amor, y lo muy propio y grave de él con lo tosco y villano.

—Verdad es, Sabino—respondió Marcelo—que usan los poetas de lo pastoril para decir del amor ; mas no tenéis razón en pensar que para decir de él hay personas más a propósito que los pastores, ni en quien se represente mejor. Porque puede ser que en las ciudades se sepa mejor hablar ; pero la fineza del sentir es del campo y de la soledad.

Y a la verdad, los poetas antiguos, y cuanto más antiguos tanto con mayor cuidado, atendieron mucho a huir de lo lascivo y artificioso, de que está lleno el amor que en las ciudades se cría, que tiene poco de verdad y mucho de arte y de torpeza. Mas el pastoril, como tienen los pastores los ánimos sencillos y no contaminados con vicios, es puro y ordenado a buen fin ; y como gozan del sosiego y libertad de negocios que les ofrece la vida sola del campo, no habiendo en él cosa que los divierta, es muy vivo y agudo. Y ayúdanle a ello también la vista desembarazada, que de contino gozan, del cielo y de la tierra y de los demás elementos, que es ella en sí una imagen clara, o por mejor decir, una como escuela de amor puro y verdadero. Porque los demuestra a todos amistados entre sí y puestos en orden, y abrazados, como si dejésemos, unos con otros, y concertados con armonía grandísima, y respondiéndose a veces y comunicándose sus virtudes y pasándose unos en otros y ayuntándose y mezclándose todos, y con su mezcla y ayuntamiento sacando de continuo a luz, y produciendo los frutos que hermosean el aire y la tierra. Así que los pastores son en esto aventajados a los otros hombres.

Y así, sea esta la segunda cosa que señalamos en la condición del *pastor*; que es muy dispuesto al bien querer.

Y sea la tercera lo que toca a su oficio, que aunque es oficio de gobernar y regir, pero es muy diferente de los otros gobiernos. Porque lo uno, su gobierno no consiste en dar leyes ni en poner mandamientos, sino en apacentar y alimentar a los que gobiernan. Y lo segundo, no guarda una regla generalmente con todos y en todos los tiempos, sino en cada tiempo y en cada ocasión ordena su gobierno conforme al caso particular del que rige. Lo tercero, no es gobierno el suyo que se reparte y ejercita por muchos ministros, sino él solo administra todo lo que a su grey le conviene; que él la apasta, y la abreva, y la baña, y la trasquila, y la cura, y la castiga, y la reposa, y la recrea, y hace música, y la ampara, y defiende. Y, últimamente, es propio de su oficio recoger lo esparcido y traer a un rebaño a muchos, que de suyo cada uno de ellos caminara por sí. Por donde las Sagradas Letras, de lo esparcido y descarriado y perdido, dicen siempre que son como ovejas que no tienen pastor; como en San Mateo se ve, y en *el Libro de los Reyes*, y en otros lugares.

De manera que la vida del *pastor* es inocente y sosegada y deleitosa, y la condición de su estado es inclinada al amor, y su ejercicio es gobernar dando pasto, y acomodando su gobierno a las condiciones particulares de cada uno, y siendo él solo para los que gobierna todo lo necesario, y enderezando siempre su obra a esto, que es hacer rebaño y grey.

Veamos, pues, ahora si Cristo tiene esto, y las ventajas con que lo tiene; y así veremos cuán merecidamente es llamado *Pastor*. Vive en los campos Cristo, y goza del cielo libre, y ama la soledad y el sosiego; y en el silencio de todo aquello que pone en alboroto la vida, tiene puesto El su deleite. Porque, así como lo que se comprende en el campo es lo más puro de lo visible, y es lo sencillo y como el original de todo lo que de ello se compone y se mezcla, así aquella región de vida adonde vive aqueste nuestro glorioso bien, es la pura verdad y la sencillez de la luz de Dios, y el original expreso de todo lo que tiene ser, y las raíces firmes de donde nacen y adonde estriban todas las criaturas. Y si lo habemos de decir así, aquellos son los elementos puros y los campos de flor eterna vestidos, y los mineros de las aguas vivas, y los montes verdaderamente preñados de mil bienes altísimos, y los sombríos y repuestos valles, y los bosques de la frescura, adonde, exentos de toda injuria, gloriosamente florecen la haya y la oliva y el lináloe, con todos los demás árboles del incienso, en que reposan ejércitos de aves en gloria y en música dulcísima, que jamás ensordece. Con la cual región si comparamos este nuestro miserable destierro, es comparar el desasiego con la paz, y el desconcierto y la turbación, y el bullicio y disgusto de la más inquieta ciudad, con la misma pureza y quietud y dulzura. Que aquí se afana y allí se descansa; aquí se imagina y allí se ve; aquí las sombras de las cosas nos atemorizan y asombran: allí la verdad asosiega y deleita. Esto es tinieblas, bullicio, alboroto; aquéllo es luz purísima en sosiego eterno.

Bien y con razón le conjura a este *Pastor* la Esposa pastora, que le demuestre este lugar de su pasto. *Demuéstrame*, dice, *¡oh querido de mi alma!, adónde apacientas y adónde reposas en el mediodía*. Que es con razón mediodía aquel lugar que pregunta, adonde está la luz no contaminada en su colmo, y adonde, en sumo silencio de todo lo bullicioso, sólo se oye la voz dulce de Cristo que, cercado de su gloroiso rebaño, suena en sus oídos de El sin ruido y con incomparable deleite, en que, traspasadas las almas santas y como enajenadas de sí, sólo viven en su *Pastor*. Así que es *Pastor* Cristo por la región donde vive, y también lo es por la manera de vivienda que ama, que es el sosiego de la soledad; como lo demuestra en los suyos, a los cuales llama siempre a la soledad y retiramiento del campo. Dijo a Abraham : *Sal de tu tierra y de tu parentela, y haré de ti grandes gentes*. A Elías, para mostrárseles, le hizo penetrar el desierto. Los hijos de los profetas vivían en la soledad del Jordá. De su pueblo dice El mismo por el Profeta *que le sacará al campo y le retirará a la soledad, y allí le enseñará*. Y en forma de Esposo, ¿qué otra cosa pide a su esposa sino esta salida ? : *Levántate*, dice, *amiga mía, y apresúrate y ven ; que ya se pasó el invierno, pasóse la lluvia, fuése ; ya han aparecido en nuestra tierras las flores, y el tiempo del podar es venido. La voz de la tortolilla se oye, y brota ya la higuera sus higos, y la menuda uva da olor. Levántate, hermosa mía, y ven*. Que quiere que les sea agradable a los suyos aquello mismo que El ama ; y así como El, por ser *Pastor*, ama el campo, así los suyos, porque han de ser sus ovejas, han de amar el campo también ; que las ovejas tienen su pasto y su sustento en el campo.

Porque, a la verdad, Juliano, los que han de ser apacentados por Dios han de desechar los sustentos del mundo, y salir de sus tinieblas y lazos a la libertad clara de la verdad, y a la soledad, poco seguida, de la virtud, y al desembarazo de todo lo que pone en alboroto la vida; porque allí nace el pasto que mantiene en felicidad eterna nuestra alma, y que no se agosta jamás. Que adonde vive y se goza el pastor, allí han de residir sus ovejas, según que alguna de ellas decía: *Nuestra conversación es en los cielos*. Y como dice el mismo *Pastor : Las sus ovejas reconocen su voz y le siguen*.

Mas si es *Pastor* Cristo por el lugar de su vida, ¿cuánto con más razón lo será por el ingenio de su condición, por las amorosas entrañas que tiene ? A cuya grandeza no hay lengua ni encarecimiento que allegue. Porque, demás de que todas sus obras son amor, que en nacer nos amó y viviendo nos ama, y por nuestro amor padeció muerte, y todo lo que en la vida hizo y todo lo que en el morir padeció, y cuanto glorioso ahora y asentado a la diestra del Padre negocia y entiende, lo ordena todo con amor para nuestro provecho.

Así que, demás de que todo su obrar es amar, la afición y la terneza de entrañas, y la solicitud y cuidado amoroso, y el encendimiento e intensión de voluntad con que siempre hace esas mismas obras de amor que por nosotros obró, excede todo cuanto se puede imaginar y decir. No hay madre así solícita, ni esposa así blanda, ni corazón de amor así tierno y vencido, ni título ninguno de amistad así puesto en fineza, que le iguale o le llegue. Porque antes que le amemos nos ama; y, ofendiéndole y despreciándole locamente, nos busca; y no puede tanto la ceguedad de mi vista ni mi obstinada dureza, que no puede más la blandura ardiente de su misericordia dulcísima. Madruga, durmiendo nosotros descuidados del peligro que nos amenaza. Madruga, digo;

antes que amanezca se levanta ; o, por decir verdad, no duerme ni reposa, sino, asido siempre al aldaba de nuestro corazón, de contino y a todas horas le hiere y le dice, como en los *Cantares* se escribe : *Abreme, hermana mía, amiga mía, esposa mía, ábreme ; que la cabeza traigo llena de rocío, y las guedejas de mis cabellos llenas de gotas de la noche. No duerme*, dice David, *ni se adormece el que guarda a Israel*.

Que en la verdad, así como en la divinidad es amor, conforme a San Juan : *Dios es caridad* ; así en la humanidad, que de nosotros tomó, es amor y blandura. Y como el sol que de suyo es fuente de luz, todo cuanto hace perpetuamente es lucir, enviando, sin nunca cesar, rayos de claridad de sí mismo, así Cristo, como fuente viva de amor que nunca se agota, mana de contino en amor ; y en su rostro y en su figura siempre está bullendo este fuego, y por todo su traje y persona traspasan y se nos vienen a los ojos sus llamas, y todo es rayos de amor cuanto de El se parece.

Que por esta causa, cuando se demostró primero a Moisés, no le demostró sino unas llamas de fuego que se emprendía en una zarza ; como haciendo allí figura de nosotros y de sí mismo, de las espinas de la aspereza nuestra y de los ardores vivos y amorosos de sus entrañas, y como mostrando en la apariencia visible el fiero encendimiento que le abrasaba lo secreto del pecho con amor de su pueblo. Y lo mismo se ve en la figura de El, que San Juan en el principio de sus revelaciones nos pone, a do dice que vió una imagen de hombre cuyo rostro lucía como el sol, y cuyos ojos eran como llamas de fuego, y sus pies como oriámbar encendido en ardiente fornaza, y que le centelleaban siete estrellas en la mano derecha, y que se ceñía por junto a los pechos con cinto de oro, y que le cercaban en derredor siete antorchas encendidas en sus candeleros. Que es decir de Cristo que expiraba llamas de amor, que se le descubrían por todas partes, y que le encendían la cara y le salían por los ojos, y le ponían fuego a los pies, y le lucían por las manos, y le rodeaban en torno resplandeciendo. Y que como el oro, que es señal de la caridad en la Sagrada Escritura, le ceñía las vestiduras junto a los pechos, así el amor de sus vestiduras, que en las mismas Letras significan los fieles que se allegan a Cristo, le rodeaba el corazón.

Mas dejemos esto, que es llano, y pasemos al oficio del *pastor* y a lo propio que le pertenece. Porque, si es del oficio del *pastor* gobernar apacentando, como ahora decía, sólo Cristo es *Pastor* verdadero, porque El solo es, entre todos cuantos gobernaron jamás, el que pudo usar y el que usa de este género de gobierno. Y así, en el Salmo, David, hablando de este *Pastor*, juntó como una misma cosa al apacentar y el regir. Porque dice:

El Señor me rige, no me faltará nada; en lugar de pastos abundantes me pone. Porque el propio gobernar de Cristo, como por ventura después diremos, es darnos su gracia y la fuerza eficaz de su espíritu; la cual así nos rige, que nos alimenta; o, por decir la verdad, su regir principal es darnos alimento y sustento. Porque la gracia de Cristo es vida del alma y salud de la voluntad, y fuerzas de todo lo flaco que hay en nosotros, y reparo de lo que gastan vicios, y antídoto eficaz contra su veneno y ponzoña, y restaurativo saludable, y finalmente, mantenimiento que cría en nosotros inmortalidad resplandeciente y gloriosa. Y así, todos los dichosos que por este *Pastor* se gobiernan en todo lo que, movidos de El, o hacen o padecen, crecen y se adelantan y adquieren vigor nuevo, y todo les es virtuoso y jugoso y sabrosísimo pasto. Que esto es lo que El mismo dice en San Juan : *El que por Mí entrare, entrará y saldrá, y siempre hallará pastos*. Porque el entrar y el salir, según la propiedad de la Sagrada Escritura, comprende toda la vida y las diferencias de lo que en ella se obra.

Por donde dice que en el entrar y en el salir, esto es, en la vida y en la muerte, en el tiempo próspero y en el turbio y adverso, en la salud y en la flaqueza, en la guerra y en la paz, hallarán sabor los suyos a quienes Elguía ; y no solamente sabor, sino mantenimiento de vida y pastos sustanciales y saludables. Conforme a lo cual es también lo que Isaías profetiza de las ovejas de este *Pastor*, cuando dice : *Sobre los caminos serán apacentados, y en todos los llanos pastos para ellos ; no tendrán hambre ni sed, ni las fatigará el bochorno ni el sol. Porque el piadoso de ellos los rige y los lleva a las fuentes del agua*. Que, como veis, en decir que sean apacentados sobre los caminos, dice que les son pasto los pasos que dan y los caminos que andan ; y que los caminos que en los malos son barrancos y tropiezos y muerte, como ellos lo dicen, *Que anduvieron caminos dificultosos y ásperos*, en las ovejas de este *Pastor* son apastamiento y alivio. Y dice que así en los altos ásperos como en los lugares llanos y hondos, esto es, como decía, en todo lo que en la vida sucede, tienen sus cebos y pastos, seguros de hambre y defendidos del sol. Y esto, ¿por qué ? Porque dice, *El que se apiadó de ellos, ese mismo es el que los rige* ; que es decir que porque los rige Cristo, que es el que sólo con obra y con verdad se condolió de los hombres ; como señalando lo que decimos, que su regir es dar gobierno y sustento, y guiar siempre a los suyos a las fuentes del agua, que es en la Escritura la gracia del Espíritu, que refresca y cría y engruesa y sustenta.

Y también el Sabio miró a esto a do dice que *la ley de la sabiduría es fuente de vida*. Adonde, como parece, juntó la ley y la fuente; lo uno, porque poner Cristo a sus ovejas ley es criar en ellas fuerzas y salud para ella por medio de la gracia, así como he dicho. Y lo otro, porque eso mismo que nos manda es aquello de que se ceba nuestro descanso y nuestra verdadera vida. Porque todo lo que nos manda es que vivamos en descanso y que gocemos de paz y que seamos ricos y alegres, y que consigamos la verdadera nobleza. Porque no plantó Dios sin causa en nosotros los deseos de estos bienes, ni condenó lo que El mismo plantó; sino que la ceguedad de nuestra miseria, movida del deseo, y no conociendo el bien a que se endereza el deseo, y engañada de otras cosas que tienen apariencia de aquello que se desea, por apetecer la vida, sigue la muerte; y en lugar de las riquezas y de la honra va desalentada en pos de la ofrenta y de la pobreza. Y así Cristo nos pone leyes que nos guíen sin error a aquello verdadero que nuestro deseo apetece.

De manera que sus leyes dan vida, y lo que nos manda es nuestro puro sustento, y apaciéntanos con salud y con deleite y con honra y descanso, con esas mismas reglas que nos pone con que vivamos. Que como dice el Profeta: *Acerca de Ti está la fuente de la vida, y en tu lumbre veremos la lumbre*. Porque la vida y el ver, que es el ser verdadero y las obras que a tal ser le convienen, nacen y manan, como de fuente, de la lumbre de Cristo, esto es, de las leyes suyas, así las de gracia que nos da como las de mandamientos que nos escribe. Que es también la causa de aquella querella contra nosotros suya, tan justa y tan sentida, que pone por Jeremías, diciendo: *Dejáromme a Mí, fuente de agua viva, y caváronse cisternas quebradas, en que el agua no pára.* Porque, guiándonos El al verdadero pasto y al bien, escogemos nosotros por nuestras manos lo que nos lleva a la muerte; y, siendo fuente El, buscamos nosotros pozos; y siendo manantial su corriente, escogemos cisternas rotas, adonde el agua no se detiene. Y a la verdad, así como aquello que Cristo nos manda es lo mismo que nos sustenta la vida, así lo que nosotros por nuestro error escogemos, y los caminos que seguimos, guiados de nuestros antojos, no se pueden nombrar mejor que como el Profeta los nombra.

Lo primero, *cisternas cavadas en tierra* con increíble trabajo nuestro, esto es, bienes buscados entre la vileza del polvo con diligencia infinita. Que si consideramos lo que suda el avariento en su pozo, y las ansias con que anhela el ambicioso a su bien, y lo que cuesta de dolor al lascivo el deleite, no hay trabajo ni miseria que con la suya se iguale. Y lo segundo, nombra las cisternas secas y rotas, grandes en apariencia y que convidan a sí a los que de lejos las ven, y les prometen agua que mitiga su sed; mas en la verdad son hoyos hondos y oscuros, y yermos de aquel mismo bien que prometen, o, por mejor decir, llenos de lo que le contradice y repugna, porque en lugar de agua dan cieno. Y la riqueza del avaro le hace pobre; y al ambicioso su deseo de honra le trae a ser apocado y vil siervo; y el deleite deshonesto a quien lo ama le atormenta y enferma.

Mas si Cristo es *Pastor*, porque rige apastando y porque sus mandamientos son mantenimientos de vida, también lo será porque en su regir no mide a sus ganados por un mismo rasero, sino atiende a lo particular de cada uno que rige. Porque rige apacentado, y el pasto se mide según el hambre y necesidad de cada uno que pace. Por donde, entre las propiedades del buen *Pastor*, pone Cristo en el Evangelio *que llama por su nombre a cada una de sus ovejas*; que es decir que conoce lo particular de cada una de ellas, y la rige y llama al bien en la forma particular que más le conviene, no a todas por una forma, sino a cada cual por la suya. Que de una manera pace Cristo a los flacos, y de otra a los crecidos en fuerza de una a los perfectos y de otra a los que aprovechan; y tiene con cada uno su estilo, y es negocio maravilloso el secreto trato que tiene con sus ovejas, y sus diferentes y admirables maneras. Que así como en el tiempo que vivió con nosotros, en las curas y beneficios que hizo, no guardó con todos una misma forma de hacer, sino a unos curó con su sola palabra, a otros con su palabra y presencia, a otros tocó con la mano, a otros no los sanaba luego después de tocados, sino cuando iban su camino, y ya de El apartados les enviaba salud; a unos que se la pedían y a otros que le miraban callando; así en este trato oculto y en esta medicina secreta que en sus ovejas contino hace, es extraño milagro ver la variedad de que usa y cómo se hace y se mide a las figuras y condiciones de todos. Por lo cual llama bien San Pedro *multiforme* a su gracia, porque se transforma con cada uno en diferentes figuras.

Y no es cosa que tiene una figura sola o un rostro. Antes, como al pan que en el templo antiguo se ponía ante Dios, que fué clara imagen de Cristo, le llama pan de *faces* la Escritura divina, así el gobierno de Cristo y el sustento que da a los suyos es de muchas *faces*, y es pan. Pan porque sustenta, y de muchas *faces* porque se hace con cada uno según su manera ; y como en el maná dice la sabiduría que hallaba cada uno su gusto, así diferencia sus pastos Cristo, conformándose con las diferencias de todos. Por lo cual su gobierno es gobierno extremadamente perfecto ; porque, como dice Platón, no es la mejor gobernación la de leyes escritas ; porque son unas y no se mudan, y los casos particulares son muchos y que se varían, según las circunstancias, por horas. Y así acaece no ser justo en este caso lo que en común se estableció con justicia ; y el tratar con sola la ley escrita es como tratar con un hombre cabezudo por una parte y que no admite razón, y por otra poderoso para hacer lo que dice, que es trabajoso y fuerte caso. La perfecta gobernación es de ley viva, que entienda siempre lo mejor, y que quiera siempre aquello bueno que entiende. De manera que la ley sea el bueno y sano juicio del que gobierna, que se ajusta siempre con lo particular de aquel a quien rige.

Mas porque este gobierno no se halla en el suelo, porque ninguno de los que hay en él es ni tan sabio ni tan bueno que, o no se engañe o no quiera hacer lo que ve que no es justo, por eso es imperfecta la gobernación de los hombres, y solamente no lo es la manera con que Cristo nos rige ; que, como está perfectamente dotado de saber y bondad, ni yerra en lo justo ni quiere lo que es malo ; y así siempre ve lo que a cada uno conviene, y a eso mismo le guía, y como San Pablo de sí dice, *A todos se hace todas las cosas, para ganarlos a todos.*

Que toca ya en lo tercero y propio de este oficio, según que dijimos, que es ser un oficio lleno de muchos oficios, y que todos los administra el pastor. Porque verdaderamente és así, que todas aquellas cosas que hacen para la felicidad de los hombres, que son diferentes y muchas, Cristo principalmente las ejecuta y las hace ; que El nos llama y nos corrige y nos lava y nos sana y nos santifica y nos deleita y nos viste de gloria. Y de todos los medios de que Dios usa para guiar bien un alma, Cristo es el merecedor y el autor.

Mas, ¡qué bien y qué copiosamente dice de esto el Profeta ! Porque el Señor Dios dice así : *Yo mismo buscaré mis ovejas y las rebuscaré ; como revee el pastor su rebaño cuando se pone en medio de sus esparcidas ovejas, así Y o buscaré mi ganado ; sacaré mis ovejas de todos los lugares a do se esparcieron en el día de la nube y de la oscuridad ; y sacaré las de los pueblos, y recogerlas he de las tierras, y tornarélas a meter en su patria, y las apacentaré en los montes de Israel. En los arroyos y en todas las moradas del suelo las apacentaré con pastos muy buenos, y serán sus pastos en los montes de Israel más erguidos. Allí reposarán en pastos sabrosos, y pacerán en los montes de Israel pastos gruesos. Yo apacentaré a mi rebaño y Yo le haré que repose, dice Dios el Señor. A la oveja perdida buscaré, a la ablentada tornaré a su rebaño, ligaré a la quebrada y daré fuerza a la enferma, y a la gruesa y fuerte castigaré ; pacéla en juicio.* Porque dice que El mismo busca sus ovejas, y que las guía si estaban perdidas, y si cautivas las redime, y si enfermas las sana ; y El mismo las libra del mal, y las mete en el bien, y las sube a los pastos más altos. En todos los arroyos y en todas las moradas las apacienta, porque en todo lo que les sucede les halla pastos, y en todo lo que permanece o se pasa ; y porque todo es por Cristo, añade luego el Profeta : *Yo levantaré sobre ellas un* PASTOR *y apacentarálas mi*

siervo David; El las apacentará y El será su PAS-
TOR; *y Yo, el Señor, seré su Dios, y en medio de
ellas ensalzado mi siervo David.*

En que se consideran tres cosas: una, que para
poner en ejecución todo esto que promete Dios a
los suyos, les dice que les dará a Cristo, *Pastor*, a
quien llama siervo suyo, y David, porque es descendiente de David según la carne, en que es
menor y sujeto a su Padre. La segunda, que para
tantas cosas promete un solo *Pastor*, así para
mostrar que Cristo puede con todo, como para
enseñar que en El es siempre uno el que rige.
Porque en los hombres, aunque sea uno solo el
que gobierna a los otros, nunca acontece que los
gobierne uno solo; porque de ordinario viven en
uno muchos, sus pasiones, sus afectos, sus intereses, que manda cada uno su parte. Y la tercera
es, que este *Pastor*, que Dios promete y tiene
dado a su Iglesia, dice que ha de estar levantado
en medio de sus ovejas; que es decir que ha de
residir en lo secreto de sus entrañas, enseñoreán-
dose de ellas, y que las ha de apacentar dentro de
sí.

Porque cierto es que el verdadero pasto del
hombre está dentro del mismo hombre, y en los
bienes de que es señor cada uno. Porque es sin
duda el fundamento del bien aquella división de
bienes en que Epicteto, filósofo, comienza su
libro, porque dice de esta manera: « De las cosas,
unas están en nuestra mano y otras fuera de
nuestro poder. En nuestra mano están los juicios,
los apetitos, los deseos y los desvíos, y, en una
palabra, todas las que son nuestras obras. Fuera
de nuestro poder están el cuerpo y la hacienda, y
las honras y los mandos, y, en una palabra, todo
lo que no es obras nuestras. Las que están en
nuestra mano son libres de suyo, y que no pade-

cen estorbo ni impedimento; mas las que van fuera de nuestro poder son flacas y siervas, y que nos pueden ser estorbadas, y al fin son ajenas todas. Por lo cual conviene que adviertas que, si lo que de suyo es siervo lo tuvieres por libre tú, y tuvieres por propio lo que es ajeno, serás embarazado fácilmente y caerás en tristeza y en turbación, y reprenderás a veces a los hombres y a Dios. Mas, si solamente tuvieres por tuyo lo que de veras lo es, y lo ajeno por ajeno, como lo es en verdad, nadie te podrá hacer fuerza jamás, ninguno estorbará tu designio, no reprenderás a ninguno, ni tendrás queja de él, no harás nada forzado, nadie te dañará, ni tendrás enemigo, ni padecerás detrimento. »

Por manera que, por cuanto la buena suerte del hombre consiste en el buen uso de aquellas obras y cosas de que es señor enteramente, todas las cuales obras y cosas tiene el hombre dentro de sí mismo y debajo de su gobierno, sin respeto a fuerza exterior; por eso el regir y el apacentar al hombre es el hacer que use bien de esto que es suyo y que tiene encerrado en sí mismo. Y así Dios con justa causa pone a Cristo, que es su *Pastor*, en medio de las entrañas del hombre, para que, poderoso sobre ellas, guíe sus opiniones, sus juicios, sus apetitos y deseos al bien, con que se alimente y cobre siempre mayores fuerzas el alma, y se cumpla de esta manera lo que el mismo Profeta dice: *Que serán apacentados en todos los mejores pastos de su tierra propia*; esto es, en aquello que es pura y propiamente buena suerte y buena dicha del hombre. Y no en esto solamente, sino también *en los montes altísimos de Israel*, que son los bienes soberanos del cielo, que sobran a los naturales bienes sobre toda manera, porque es señor de todos ellos aquese mismo *Pastor* que los guía, o para decir la verdad, porque los tiene todos y amontonados en sí.

Y porque los tiene en sí, por esta misma causa, lanzándose en medio de su ganado, mueve siempre a sí sus ovejas; y no lanzándose solamente, sino levantándose y encumbrándose en ellas, según lo que el Profeta de El dice. Porque en sí es alto por el amontonamiento de bienes soberanos que tiene; y en ellas es alto también, porque apacentándolas las levanta del suelo, y las aleja cuanto más va de la tierra, y las tira siempre hacia sí mismo, y las enrisca en su alteza, encumbrándolas siempre más y entrañándolas en los altísimos bienes suyos. Y porque El uno mismo está en los pechos de cada una de sus ovejas, y porque su pacerlas es ayuntarlas consigo y entrañarlas en sí, como ahora decía, por eso le conviene también lo postrero que pertenece al *Pastor*, que es hacer unidad y rebaño. Lo cual hace Cristo por maravilloso modo, como por ventura diremos después. Y bástenos decir ahora que no está la vestidura tan allegada al cuerpo del que la viste, ni ciño tan estrechamente por la cintura la cinta, ni se ayuntan tan conformemente la cabeza y los miembros, ni los padres son tan deudos del hijo, ni el esposo con su esposa tan uno, cuanto Cristo, nuestro divino *Pastor*, consigo y entre sí hace una su grey.

Así lo pide y así lo alcanza, y así de hecho lo hace. Que los demás hombres que, antes de El y sin El, introdujeron en el mundo leyes y sectas, no sembraron paz sino división; y no vinieron a reducir a rebaño, sino, como Cristo dice en San Juan, *Fueron ladrones y mercenarios, que entraron a dividir y desollar y dar muerte al rebaño.* Que, aunque la muchedumbre de los malos haga contra las ovejas de Cristo bando por sí, no por eso los malos son unos ni hacen un rebaño suyo en que estén adunados; sino cuanto son sus deseos y sus pasiones y sus pretendencias, que son diversas y muchas, tanto están diferentes contra sí mismos. Y no es rebaño el suyo de unidad y de paz, sino ayuntamiento de guerra y gavilla de muchos enemigos, que entre sí mismos se aborrecen y dañan; porque cada uno tiene su diferente querer. Mas Cristo, nuestro *Pastor*, porque es verdaderamente *Pastor*, hace paz y rebaño. Y aun por esto, allende de lo que dicho tenemos, le llama Dios *Pastor* uno en el lugar alegado; porque su oficio todo es hacer unidad. Así que Cristo es *Pastor* por todo lo dicho; y porque si es del pastor el desvelarse para guardar y mejorar su ganado, Cristo vela sobre los suyos siempre y los rodea solícito. Que como David dice: *Los ojos del Señor sobre los justos, y sus oídos en sus ruegos. Y aunque la madre se olvide de su hijo, Yo, dice, no me olvido de ti.* Y si es del pastor trabajar por su ganado al frío y al hielo, ¿quién cual Cristo trabajó por el bien de los suyos? Con verdad Jacob, como en su nombre, decía: *Gravemente laceré de noche y de día, unas veces al calor y otras veces al hielo, y huyó de mis ojos el sueño.* Y si es del pastor servir abatido, vivir en hábito despreciado, y no ser adorado y servido, Cristo, hecho al traje de sus ovejas, y vestido de su bajeza y su piel, sirvió por ganar su ganado.

Y porque hemos dicho cómo le conviene a Cristo todo lo que es del pastor, digamos ahora las ventajas que en este oficio Cristo hace a todos los otros pastores. Porque no solamente es *Pastor*, sino *Pastor* como no lo fué otro ninguno; que así lo certificó El cuando dijo: *Yo soy el buen* PASTOR. Que el *bueno* allí es señal de excelencia, como si dijese el *Pastor* aventajado entre todos. Pues sea la primera ventaja, que los otros lo son, o por caso o por suerte; mas Cristo nació para ser *Pastor*, y escogió, antes que naciese, nacer para ello; que, como de sí mismo dice, *bajó del cielo* y se hizo *Pastor* hombre, para buscar al hombre, oveja perdida. Y así como nació para llevar a pacer, dió, luego que nació, a los pastores nueva de su venida.

Demás de esto, los otros pastores guardan el ganado que hallan; mas nuestro *Pastor* El se hace el ganado que ha de guardar. Que no sólo debemos a Cristo que nos rige y nos apacienta en la forma ya dicha, sino también y primeramente que, siendo animales fieros, nos da condiciones de ovejas; y que, siendo perdidos, nos hace ganados suyos, y que cría en nosotros el espíritu de sencillez y de mansedumbre y de santa y fiel humildad, por el cual pertenecemos a su rebaño.

Y la tercera ventaja es que murió por el bien de su grey, lo que no hizo algún otro pastor, y que por sacarnos de entre los dientes del lobo consintió que hiciesen en El presa los lobos.

Y sea lo cuarto, que es así *Pastor*, que es pasto también, y que su apacentar es darse a sí a sus ovejas. Porque el regir Cristo a los suyos y el llevarlos al pasto, no es otra cosa sino hacer que se lance en ellos y que se embeba y que se incorpore su vida, y hacer que con encendimientos fieles de caridad le traspasen sus ovejas a sus entrañas, en las cuales traspasado, muda El sus ovejas en sí. Porque, cebándose ellas de El, se desnudan a sí de sí mismas y se visten de sus cualidades de Cristo; y creciendo con este dichoso pasto el ganado, viene por sus pasos contados a ser con su *Pastor* una cosa.

Y finalmente, como otros nombres y oficios le

convengan a Cristo, o desde algún principio o hasta un cierto fin o según algún tiempo, este nombre de *Pastor* en El carece de término. Porque antes que naciese en la carne, apacentó a las criaturas luego que salieron a luz ; porque El gobierna y sustenta las cosas, y El mismo da cebo a los ángeles, *y todo espera de El su manteni- miento a su tiempo*, como en el Salmo se dice. Y ni más ni menos, nacido ya hombre, con su espí- ritu y con su carne apacienta a los hombres, y luego que subió al cielo llovió sobre el suelo su cebo ; y luego y ahora y después, y en todos los tiempos y horas, secreta y maravillosamente y por mil maneras los ceba ; en el suelo los apa- cienta, y en el cielo será también su *Pastor*, cuando allá los llevare ; y en cuanto se revolvie- ren los siglos y en cuanto vivieren sus ovejas, que vivirán eternamente con El, El vivirá en ellas, comunicándoles su misma vida, hecho su *Pastor* y su pasto.

Y calló Marcelo aquí, significando a Sabino que pasase adelante, que luego desplegó el papel y leyó :

MONTE

[Se le da a Cristo el nombre de *Monte* ; qué significa éste en
la Escritura, y por qué se le atribuye a Cristo.]

Llámase Cristo MONTE, *como en el capítulo
segundo de Daniel, adonde se dice que la piedra
que hirió en los pies de la estatua que vió el rey de
Babilonia, y la desmenuzó y deshizo, se convirtió
en un monte muy grande que ocupaba toda la
tierra. Y en el capítulo segundo de Isaías :* « Y en
los postreros días será establecido el monte de la
casa del Señor sobre la cumbre de todos los
montes ». *Y en el Salmo sesenta y siete* : « El
monte de Dios, monte enriscado y lleno de grosura. »

Y en leyendo esto cesó.

Y dijo Juliano luego :

—Pues que este vuestro papel, Marcelo, tiene
la condición de Pitágoras, que dice y no da razón
de lo que dice, justo será que nos la deis vos por
él. Porque los lugares que ahora alega, mayor-

117

mente los dos postreros, algunos podrían dudar si hablan de Cristo o no.

—Muchos dicen muchas cosas—respondió Marcelo— ; pero el papel siguió lo más cierto y lo mejor, porque en el lugar de Isaías casi no hay palabras, así en él como en lo que le antecede o se le sigue, que no señale a Cristo como con el dedo. Lo primero dice : *En los días postreros* ; y como sabéis, lo postrero de los días, o los días postreros en la Santa Escritura es nombre que se da al tiempo en que Cristo vino, como se parece en la profecía de Jacob, en el capítulo último del Libro de la Creación y en otros muchos lugares. Porque el tiempo de su venida, en el cual juntamente con Cristo comenzó a nacer la luz del Evangelio, y el espacio que dura el movimiento de esta luz, que es el espacio de su predicación, que va como un sol cercando el mundo, y pasando de unas naciones en otras ; así que todo el discurso y suceso y duración de aqueste alumbramiento, se llama un día, porque es como el nacimiento y vuelta que da el sol en un día. Y llámase postrero día, porque, en acabando el sol del Evangelio su curso, que será en habiendo amanecido a todas las tierras como este sol amanece, no ha de sucederle otro día. *Y será predicado*, dice Cristo, *este Evangelio por todo el mundo, y luego vendrá el fin.*

Demás de esto dice : *Será establecido.* Y la palabra original significa un establecer y afirmar no mudable, ni como si dijésemos movedizo o sujeto a las injurias y vueltas del tiempo. Y así en el Salmo con esta misma palabra se dice : *El Señor ofirmó su trono sobre los cielos.* Pues, ¿qué monte otro hay, o qué grandeza no sujeta a mudanza, si no es Cristo solo, cuyo reino no tiene fin, como dijo a la Virgen el Angel ? Pues, ¿qué se sigue tras esto ? *El monte*, dice, *de la casa del Señor*. Adonde la una palabra es como declaración de la otra, como diciendo el *monte*, esto es, la casa del Señor. La cual casa entre todas por excelencia es Cristo nuestro Redentor, en quien reposa y mora Dios enteramente. Como es escrito : *En el cual reposa todo lo lleno de la divinidad*.

Y dice más : *Sobre la cumbre de los montes*. Que es cosa que solamente de Cristo se puede con verdad decir. Porque *monte* en la Escritura, y en la secreta manera de hablar de que en ella usa el Espíritu Santo, significa todo lo eminente, o en poder temporal, como son los príncipes, o en virtud y saber espiritual, como son los profetas y los prelados ; y decir montes sin limitación, es decir todos los montes ; o como se entiende de un artículo que está en el primer texto en este lugar, es decir los montes más señalados de todos, así por alteza de sitio como por otras cualidades y condiciones suyas. Y decir que será establecido sobre todos los montes, no es decir solamente que este *monte* es más levantado que los demás, sino que está situado sobre la cabeza de todos ellos ; por manera que lo más bajo de él está sobrepuesto a lo que es en ellos más alto.

Y así, juntando con palabras descubiertas todo aquesto que he dicho, resultará de todo ello aquesta sentencia : que la raíz, o como llamamos, la falda de este monte que dice Isaías, esto es, lo menos y más humilde de él, tiene debajo de sí a todas las altezas más señaladas y altas que hay, así temporales como espirituales. Pues, ¿qué alteza o encumbramiento será aqueste tan grande, si Cristo no es ? O ¿a qué otro monte, de los que Dios tiene, convendrá una semejante grandeza ?

Veamos lo que la Santa Escritura dice, cuando

habla con palabras llanas y sencillas de Cristo, y cotejémoslo con los rodeos de este lugar, y si halláremos que ambas partes dicen lo mismo, no dudemos de que es uno mismo aquel de quien hablan.

¿Qué dice David ? : *Dijo el Señor a mi Señor : Asiéntate a mi mano derecha hasta que ponga por escaño de tus pies a tus enemigos.* Y el apóstol San Pablo : *Para que al nombre de Jesús doblen las rodillas todos, así los del cielo como los de la tierra y los del infierno.* Y el mismo, hablando propiamente del misterio de Cristo, dice : *Lo flaco de Dios que parece, es más valiente que la fortaleza toda ; y lo inconsiderado, más sabio que cuanto los hombres saben.* Pues allí se pone el *monte* sobre los montes, y aquí la alteza toda del mundo y del infierno por escaño de los pies de Jesucristo. Aquí se le arrodilla lo criado ; allí todo lo alto le está sujeto ; aquí su humildad, su desprecio, su cruz, se dice ser más sabia y más poderosa que cuanto pueden y saben los hombres ; allí la raíz de aquel monte se pone sobre las cumbres de todos los montes.

Así que no debemos dudar de que es Cristo este *Monte* de que habla Isaías. Ni menos de que es aquel de quien canta David en las palabras del Salmo alegado. El cual Salmo todo es manifiesta profecía ; no de un misterio solo, sino casi de todos aquellos que obró Cristo para nuestra salud. Y es oscuro Salmo, al parecer, pero oscuro a los que no dan en la vena del verdadero sentido, y siguen sus imaginaciones propias ; con las cuales, como no dice el Salmo bien, ni puede decir, para ajustarle con ellas revuelven la letra y oscurecen y turban la sentencia, y al fin se fatigan en balde ; mas al revés, si se toma una vez el hilo de él y su intento, las mismas cosas se van diciendo y llamándose unas a otras, y trabándose entre sí con maravilloso artificio.

Y lo que toca ahora a nuestro propósito, porque sería apartarnos mucho de él declarar todo el Salmo, así que lo que toca al verso que de este Salmo alega el papel, para entender que el *Monte* de quien el verso habla es Jesucristo, basta ver lo que luego se sigue, que es : *Monte en el cual le aplació a Dios morar en él* ; y cierto morará en él eternamente. Lo cual, si no es de Jesucristo, de ningún otro se puede decir. Y son muy de considerar cada una de las palabras, así de este verso como del verso que le antecede ; pero no turbemos ni confundamos el discurso de nuestra razón.

Digamos primero qué quiere decir que Cristo se llame *Monte*. Y dicho, y volviendo sobre esto mismos lugares, diremos algo de las cualidades que da en ellos el Espíritu Santo a este *Monte*. Pues digo así : que demás de la eminencia señalada que tienen los montes sobre lo demás de la tierra, como Cristo la tiene en cuanto hombre, sobre todas las criaturas, la más principal razón por qué se llama *Monte*, es por la abundancia, o, digámoslo así, por la preñez riquísima de bienes diferentes que atesora y comprende en sí mismo. Porque, como sabéis, en la lengua hebrea, en que los Sagrados Libros en su primer origen se escriben, la palabra con que el monte se nombra, según el sonido de ella, suena en nuestro castellano el *preñado* ; por manera que los que nosotros llamamos *montes*, llama el hebreo por nombre propio *preñados*.

Y díceles este nombre muy bien, no sólo por la figura que tienen alta y redonda y como hinchada sobre la tierra, por lo cual parecen el vientre de ella, y no vacío ni flojo vientre, mas lleno y preñado, sino también porque tienen en sí como concebido, y lo paren y sacan a luz a sus tiempos, casi todo aquello que en la tierra se estima. Producen árboles de diferentes maneras, unos que sirven de madera par los edificios, y otros que con sus frutas mantienen la vida. Paren yerbas, más que ninguna otra parte del suelo, de diversos géneros y de secretas y eficaces virtudes. En los montes por la mayor parte se conciben las fuentes y los principios de los ríos, que naciendo de allí y cayendo en los llanos después y torciendo el paso por ellos, fertilizan y hermosean las tierras. Allí se cría el azogue y el estaño, y las venas ricas de la plata y del oro y de los demás metales todas las minas, las piedras preciosas y las canteras de las piedras firmes, que son más provechosas, con que se fortalecen las ciudades con muros y se ennoblecen con suntosos palacios. Y, finalmente, son como un arca los montes, y como un depósito de todos los mayores tesoros del suelo.

Pues por la misma manera Cristo Nuestro Señor, no sólo en cuanto Dios, que según esta razón por ser el Verbo divino, por quien el Padre cría todas las cosas, las tiene todas en sí de mejores quilates y ser que son en sí mismas, mas también, según que es Hombre, es un *Monte* y un amontonamiento y preñez de todo lo bueno y provechoso y deleitoso y glorioso que en el deseo y en el seno de las criaturas cabe, y de mucho más que no cabe. En El está el remedio del mundo y la destrución del pecado y la victoria contra el demonio; y las fuentes y mineros de toda la gracia y virtudes que se derraman por nuestras almas y pechos, y los hacen fértiles, en El tienen su abundante principio; en El tienen sus raíces, y de El nacen y crecen con su virtud, y se visten de hermosura y de fruto las hayas altas, y los *soberanos cedros y los árboles de la mirra*, como dicen los *Cantares, y del incienso* : los apóstoles y los mártires y profetas y vírgenes. El mismo es el sacerdote y el sacrificio, el pastor y el pasto, el doctor y la doctrina, el abogado y el juez, el premio y el que da el premio ; la guía y el camino, el médico, la medicina, la riqueza, la luz, la defensa y el consuelo es El mismo, y sólo El. En El tenemos la alegría en las tristezas, el consejo en los casos dudosos, y en los peligrosos y desesperados el amparo y la salud.

Y por obligarnos más así, y porque buscando lo que nos es necesario en otras partes no nos divirtiésemos de El, puso en sí la copia y la abundancia, o, si decimos, la tienda y el mercado, o será mejor decir el tesoro abierto y liberal de todo lo que nos es necesario, útil y dulce, así en lo próspero como en lo adverso, así en la vida como en la muerte también, así en los años trabajosos de aqueste destierro como en la vivienda eterna y feliz a do caminamos. Y como el monte alto, en la cumbre, se toca de nubes y las traspasa y parece que llega hasta el cielo, y en las faldas cría viñas y mieses, y da pastos saludables a los gandos, así lo alto y la cabeza de Cristo es Dios, que traspasa los cielos, y es consejos altísimos de sabiduría, adonde no puede arribar ingenio ninguno mortal. Mas lo humilde de El, sus palabras llanas, la vida pobre y sencilla y santísima que, morando entre nosotros, vivió ; las obras que como hombre hizo, y las pasiones y dolores que de los hombres y por los hombres sufrió, son pastos de vida para sus fieles ovejas. Allí hallamos el trigo, que esfuerza el corazón de los hombres ; y el vino que les da verdadera alegría ; y el óleo, hijo de la oliva y engendrador de la luz, que destierra nuestras tinieblas. *El risco, dice el Salmo, es refrigerio de los conejos.* Y en Ti, ¡oh, verdadera guarida de los pobrecitos amedrentados, Cristo Jesús !; y en Ti, ¡oh, amparo dulce y seguro, oh, acogida llena de fidelidad !, los afligidos y acosados del mundo nos escondemos. Si vertieren agua las nubes y se abrieren los canales del cielo, y saliendo la mar de madre, se anegaren las tierras y sobrepujaren como en el diluvio sobre los montes las aguas, en este *Monte*, que se asienta sobre la cumbre de todos los montes, no las tememos. Y si los montes, como dice David, trastornados de sus lugares, cayeren en el corazón de la mar, en este *Monte* no mudable enriscados, carecemos de miedo.

Mas, ¿qué hago yo ahora, o adónde me lleva el ardor ? Tornemos a nuestro hilo ; y ya que hemos dicho el por qué es *Monte* Cristo, digamos, según que es *Monte*, las cualidades que le da la Escritura.

Decía, pues, Daniel que una piedra sacada sin manos hirió en los pies de la estatua y la volvió en polvo, y la piedra creciendo se hizo monte tan grande que ocupó toda la tierra. En lo cual primeramente entendemos que este grandísimo monte era primero una pequeña piedra. Y, aunque es así que Cristo es llamado piedra por diferentes razones, pero aquí la piedra dice fortaleza y pequeñez. Y así es cosa digna de considerar que no cayó hecha monte grande sobre la estatua y la deshizo, sino hecha piedra pequeña ; porque no usó Cristo, para destruir la alteza y poder tirano del demonio y la adoración usurpada y los ídolos que tenía en el mundo, de la grandeza de sus fuerzas ; ni derrocó sobre él el brazo y el peso de su divinidad encubierta, sino lo humilde que había en El, y lo bajo y lo pequeño : su carne santa y su sangre vertida, y el ser preso y condenado y muerto crudelísimamente. Y esta pequeñez y flaqueza fué tortaleza dura, y toda la soberbia del infierno y su monarquía quedó rendida a la muerte de Cristo. Por manera que primero fué piedra, y después de piedra *Monte*. Primero se humilló, y humilde venció ; y después, vencedor glorioso, descubrió su claridad y ocupó la tierra y el cielo con la virtud de su nombre.

Mas lo que el Profeta significó por rodeos, ¡cuán llanamente lo dijo el Apóstol ! *El haber subido*, dice hablando de Cristo, *¿qué es sino por haber descendido primero hasta lo bajo de la tierra ? El que descendió, ese mismo subió sobre todos los cielos para henchir todas las cosas.* Y en otra parte : *Fué hecho obediente hasta la muerte, y muerte de cruz, por lo cual ensalzó su nombre Dios sobre todo nombre.* Y como dicen del árbol, que cuanto lanza las raíces más en lo hondo, tanto en lo alto crece y sube más por el aire, así a la humildad y pequeñez de esta piedra correspondió la grandeza sin medida del monte ; y cuanto primero se disminuyó, tanto después fué mayor. Pero acontece que la piedra que se tira hace gran golpe, aunque sea pequeña, si el brazo que la envía es valiente ; y pudiérase por ventura pensar que, si esta piedra pequeña hizo pedazos la estatua, fué por la virtud de alguna fuerza extraña y poderosa que la lanzó. Mas no fué así, ni quiso que se imaginase así el Espíritu Santo ; y por esta causa añadió que hirió a la estatua sin manos, conviene a saber, que no la hirió con fuerza mendigada de otro ni de poder ajeno, sino con el suyo mismo hizo tan señalado golpe. Como pasó en la verdad.

Porque lo flaco y lo despreciado de Cristo, su

pasión y su muerte, aquel humilde escupido y escarnecido, fué tan de piedra, quiero decir, tan firme para sufrir y tan fuerte y duro para herir, que cuanto en el soberbio mundo es tenido por fuerte no pudo resistir a su golpe; mas antes cayó todo quebrantado y deshecho, como si fuera vidrio delgado.

Y aun, lo que es más de maravillar, no hirió esta piedra la frente de aquel busto espantable, sino solamente los pies adonde nunca la herida es mortal; mas, sin embargo de esto, con aquel golpe dado en los pies, vinieron a menos los pechos y hombros y el cuello y cabeza de oro. Porque fué así, que el principio del Evangelio y los primeros golpes que Cristo dió para deshacer la pujanza mundan, fueron en los pies de ella y en lo que andaba como rastreando en el suelo, en las gentes bajas y viles, así en oficio como en condición. Y heridos éstos con la verdad, y vencidos y quebrados del mundo y como muertos a él y puestos debajo la piedra las cabezas y los pechos, esto es, los sabios y los altos cayeron todos; unos para sujetarse a la piedra, y otros para quedar quebrados y desmenuzados de ella; unos para dejar su primero y mal ser, y otros para crecer para siempre en su mal. Y así, unos destruídos y otros convertidos, la piedra, transformándose en monte, ella sola ocupó todo el mundo.

Es también *Monte* hecho y como nacido de piedra, porque entendamos que no es terreno ni movedizo este *Monte*, ni tal que pueda ser menoscabado o disminuído en alguna manera.

Y con esto, pasemos a ver lo demás que decía de él el santo David. *El monte*, dice, *del Señor, monte cuajado, monte grueso*; quiere decir fértil y abundante monte, como a la buena tierra solemos llamarla tierra gruesa. Y la condición de la tierra gruesa es ser espesa y tenaz y maciza, no delgada y arenisca, y ser tierra que bebe mucha agua, y que no se anega o deshace con ella, sino antes la abraza toda en sí y se engruesa e hinche de jugo; y así, después son conformes a esta grosura las mieses que produce espesas y altas, y las cañas gruesas y las espigas grandes.

Bien es verdad que adonde decimos *grueso*, el primer texto dice *Basan*, que es nombre propio de un monte llamado así en la Tierra Santa, que está de la otra parte del Jordán en la suerte que cupo a los de Gad y Rubén y a la mitad del tribu de Manasés. Pero era señaladamente abundante este monte; y así, nuestro texto, aunque calló el nombre, guardó bien el sentido y puso la misma sentencia: y en lugar de *Basan puso monte grueso*, cual lo es el Basán.

Pues es Cristo, ni más ni menos, no como arena flaca y movediza, sino como tierra de cuerpo y de tomo, y que bebe y contiene en sí todos los dones del Espíritu Santo, que la Escritura suele muchas veces nombrar con nombre de aguas, y así el fruto que de este monte sale, y las mieses que se crían en él, nos muestran bien a la clara si es grueso y fecundo este monte. De las cuales mieses, David en el Salmo setenta y uno, debajo de la misma figura de trigo y de mieses y de frutos del campo, hablando a la letra del reino de Cristo, nos canta diciendo: *Y será, de un puñado de trigo echado en la tierra en las cumbres de los montes, el fruto suyo más levantado que el Líbano y por las villas florecerán como el heno de la tierra.* O porque en este punto y diciendo esto me vino a la memoria, quiérolo decir como nuestro común amigo lo dijo, traduciendo en verso castellano este Salmo:

> ... ¡Oh, siglos de oro,
>   cuando tan sola una
> espiga sobre el cerro tal tesoro
>   producirá, sembrada
> de mieses ondeando, cual la cumbre
>   del Líbano ensalzada,
> cuando con más largueza y muchedumbre
>   que el heno en las ciudades
> el trigo crecerá !

Y porque se viese claro que este fruto, que se llama trigo, no es trigo, y que esta abundancia no es buena disposición de tierra ni templanza de cielo clemente, sino que es fruto de justicia y mieses espirituales nunca antes vistas, que nacen por la virtud de este monte, añade luego :

> ... Por do desplega
> la fama de mil edades
> el nombre de este Rey, y al cielo llega.

Mas ¿nació por ventura con este fruto su nombre, o era ya y vivía en el seno de su Padre, primero que la rueda de los siglos comenzase a moverse ? Dice :

> El nombre que primero
> que el sol manase luz resplandecía,
>   en quien hasta el postrero
> mortal será bendito, a quien de día,
>   de noche celebrando.
> las gentes darán loa y bienandanza,
>   Y dirán alabando :
> Señor Dios de Israel, ¿qué lengua alcanza
>   a tu debida gloria ?

Salido he de mi camino, llevado de la golosina del verso ; mas volvamos a él. Y habiendo dicho esta Marcelo y tomando un poco de aliento, quería pasar adelante ; mas Juliano, deteniéndole, dijo :

—Antes que digáis más, me decid, Marcelo ; este común amigo nuestro que nombrasteis, cuyos son estos versos, ¿quién es? Porque, aunque yo no soy muy poeta, hanme parecido muy bien; y debe hacerlo ser el sujeto cual es, en quien sólo, a mi juicio, se emplea la poesía como debe.

—Gran verdad, Juliano, es—respondió al punto Marcelo—lo que decís. Porque éste es sólo digno sujeto de la poesía; y los que la sacan de él, y forzándola la emplean, o por mejor decir, la pierden en argumentos de liviandad, habían de ser castigados como públicos corrompedores de dos cosas santísimas: de la poesía y de las costumbres. La poesía corrompen, porque sin duda la inspiró Dios en los ánimos de los hombres, para con el movimiento y espíritu de ella levantarlos al cielo, de donde ella procede; porque poesía no es sino una comunicación del aliento celestial y divino; y así, en los Profetas casi todos, así los que fueron movidos verdaderamente por Dios, como los que incitados por otras causas sobrehumanas hablaron, el mismo espíritu que los despertaba y levantaba a ver lo que los otros hombres no veían, les ordenaba y componía y como metrificaba en la boca las palabras, con número y consonancia debida, para que hablasen por más subida manera que las otras gentes hablaban, y para que el estilo del decir se asemejase al sentir, y las palabras y las cosas fuesen conformes.

Así que corrompen esta santidad, y corrompen también, lo que es mayor mal, las santas costumbres; porque los vicios y las torpezas, disimuladas y enmeladas con el sonido dulce y artificioso del verso, recíbense en los oídos con mejor gana, y de ellos pasan al ánimo, que de suyo no es bueno, y lánzanse en él poderosísimamente; y hechas señoras de él y desterrando de allí todo buen sentido y respeto, corrómpenlo, y muchas veces sin que el mismo que es corrompido lo sienta. Y es, iba a decir donaire, y no es donaire sino vituperable inconsideración, que las madres celosas del bien de sus hijas les vedan las pláticas de algunas otras mujeres, y no les vedan los versos y los cantarcillos de argumentos livianos, los cuales hablan con ellas a todas horas ; y, sin recatarse de ellos, antes aprendiéndolos y cantándolos, las atraen a sí y las persuaden secretamente ; y derramándoles su ponzoña poco a poco por los pechos, las inficionan y pierden. Porque así como en la ciudad, perdido el alcázar de ella y puesto en las manos de los enemigos, toda ella es perdida, así, ganado una vez, quiero decir, perdido el corazón, y aficionado a los vicios y embeleñado con ellos, no hay cerradura tan fuerte ni centinela tan veladora y despierta que baste a la guarda. Pero esto es de otro lugar, aunque la necesidad o el estrago que el uso malo, introducido más ahora que nunca, hace en las gentes, hace también que se pueda tratar de ello a propósito en cualquier lugar.

Mas, dejándolo ahora, espántome, Juliano, que me preguntéis quién es el común amigo que dije, pues no podéis olvidaros que, aunque cada uno de nosotros dos tenemos amistad con muchos amigos, uno solo tenemos que la tiene conmigo y con vos casi en igual grado ; porque a mí me ama como a sí, y a vos en la misma manera como yo os amo, que es muy poco menos que a mí.

—Razón tenéis—respondió Juliano—en condenar mi descuido ; y entiendo muy bien por quién decís. Y pues tendréis en la memoria algunos otros Salmos de los que ha puesto en verso este amigo nuestro, mucho gustaría yo, y Sabino gustará de ello, si no me engaño, también, que en los lugares que se os ofrecieron de aquí adelante uséis de ellos y nos los digáis.

—Sabino—respondió Marcelo—no sé yo si gustará de oír lo que sabe ; porque, como más mozo y más aficionado a los versos, tiene casi en la lengua estos Salmos que pedís ; pero haré vuesto gusto, y aun Sabino podrá servir de acordármelos si yo me olvidare, como será posible olvidarme. Así que él me los acordará, o, si más le pluguiere, dirálos él mismo ; y aun es justo que le plega, porque los sabrá decir con mejor gracia.

De esto postrero se rieron un poco Juliano y Sabino. Y diciendo Sabino que lo haría así y que gustaría de hacerlo, Marcelo tornó a seguir su razón, y dijo :

—Decíamos, pues, que este sagrado monte, conforme a lo del Salmo, era fértil señaladamente ; y probamos su grosura por la muchedumbre y por la grandeza de las mieses que de él han nacido ; y referimos que David, hablando de ellas, decía que de un puñado de trigo esparcido sobre la cumbre del monte serían el fruto y cañas que nacerían de él *tan altas y gruesas que igualarían a los cedros altos del Líbano*. De manera que cada caña y espiga sería como un cedro, y todas ellas vestirían la cumbre de su monte, y, meneadas del aire, ondearían sobre él como ondean las copas de los cedros y de los otros árboles soberanos de que el Líbano se corona.

En lo cual David dice tres cualidades muy señaladas ; porque, lo uno, dice que son mieses de trigo, cosa útil y necesaria para la vida, y no árboles, más vistosos en ramas y hojas que provechosos en fruto, como fueron los antiguos filósofos y los que por su sola industria quisieron alcanzar la virtud. Y lo otro, afirma que estas mieses, no sólo por ser trigo son mejores, sino en alteza también son mayores mucho que la arboleda del Líbano ; que es cosa que se ve por los ojos, si cotejamos la grandeza de nombre, que dejaron después de sí los sabios y grandes del mundo, con la honra merecida que se da en la Iglesia a los Santos, y se les dará siempre, floreciendo cada día más en cuanto el mundo durare. Y lo tercero, dice que tiene origen este fruto de muy pequeños principios, de un puñado de trigo sembrado sobre la cumbre de un monte, adonde de ordinario crece el trigo mal, porque, o no hay tierra sino peña, en la cumbre, o, si la hay, es tierra muy flaca, y el lugar muy frío por razón de su alteza. Pues esta es una de las mayores maravillas que vemos en la virtud que nace y se aprende en la escuela de Cristo ; que, de principios al parecer pequeños y que casi no se echan de ver, no sabréis cómo ni de qué manera nace y crece y sube en brevísimo tiempo a incomparable grandeza.

Bien sabemos todos lo mucho que la antigua filosofía se trabajó por hacer virtuosos los hombres, sus precptos, sus disputas, sus revueltas cuestiones ; y vemos cada hora en los libros la hermosura y el dulzor de sus escogidas y artificiosas palabras ; mas también sabemos, con todo este aparato suyo, el pequeño fruto que hizo y cuán menos fué lo que dió de lo que se esperaba de sus largas promesas. Mas en Cristo no pasó así ; porque, si miramos lo general del mismo, que se llama no muchos granos, sino *un grano de trigo muerto*, y de doce hombres bajos y simples, y de su doctrina, en palabras tosca y en sentencia breve y al juicio de los hombres amarga y muy áspera, se hinchió el mundo todo de incomparable virtud, como diremos después en su propio y más conveniente lugar.

Y por semejante manera, si ponemos los ojos en lo particular que cada día acontece en muchas personas, ¿quién es el que lo considera que no salga de sí? El que ayer vivía como sin ley, siguiendo en pos de sus deseos sin rienda, y que estaba ya como encallado en el mal; el que servía al dinero y cogía el deleite, soberbio con todos y con sus menores soberbio y cruel, hoy, con una palabra que le tocó en el oído, y pasando de allí al corazón, puso en él su simiente, tan delicada y pequeña que apenas él mismo la entiende, ya comienza a ser otro; y en pocos días, cundiendo por toda el alma la fuerza secreta del pequeño grano, es otro del todo; y crece así en nobleza de virtud y buenas costumbres, que la hojarasca seca, que poco antes estaba ordenada al infierno, es ya árbol verde y hermoso, lleno de fruto y de flor; y el león es oveja ya, y el que robaba lo ajeno derrama ya en los ajenos sus bienes; y el que se revolcaba en la hediondez, esparce alrededor de sí, y muy lejos de sí por todas partes, la pureza del buen olor.

Y, como dije, si tornando al principio, comparamos la grandeza de esta planta y su hermosura con el pequeño grano de donde nació, y con el breve tiempo en que ha venido a ser tal, veremos en extraña pequeñez admirable y no pensada virtud. Y así, Cristo en unas partes dice que es *como el grano de mostaza*, que es pequeño y trasciende; y en otras se asemeja *a perla oriental*, pequeña en cuerpo y grande en valor; y parte hay donde dice que es *levadura*, la cual en sí es poca y parece muy vil, y *escondida en una gran masa*, casi súbitamente cunde por ella toda, y la inficiona. Excusado es ir buscando ejemplos en esto, adonde la muchedumbre nos puede anegar. Mas entre todos es clarísimo el del apóstol San Pablo, a quien hacemos hoy fiesta. ¿Quién era, y quién fué, y cuán en breve y cuán con una palabra se convirtió de tinieblas en luz, y de ponzoña en árbol de vida para la Iglesia ?

Pero vamos más adelante. Añade David *monte cuajado*. La palabra original quiere decir *el queso*, y quiere también decir *lo corcovado*; y propiamente, y de su origen, significa todo lo que tiene en sí algunas partes eminentes e hinchadas sobre las demás que contiene; y de aquí el *queso* y lo *corcovado* se llama con esta palabra. Pues juntando esta palabra con el nombre de *monte*, como hace David aquí, y poniéndola en el número de muchos, como está en el primer texto, suena, como leyó San Agustín, *monte de quesos*; o como trasladan ahora algunos, *monte de corcovas*, y de la una y de la otra manera viene muy bien. Porque en decir lo primero se declara y especifica más la fertilidad de este monte, el cual no sólo es de tierra gruesa y aparejada para producir mieses, sino también es monte de quesos o de cuajados, esto es, significando por el efecto la causa, monte de buenos pastos para el ganado, digo monte bueno para pan llevar, y para apacentar ganados no menos bueno.

Y, como dice bien San Agustín, el pan y la grosura del monte que le produce es el mantenimiento de los perfectos; la leche que se cuaja en el queso, y los pastos que la crían es el propio manjar de los que comienzan en la virtud, como dice San Pablo : *Como a niños os di leche, y no manjar macizo*. Y así, conforme a esto, se entiende que este monte es general sustento de todos, así de los grandes en la virtud con su grosura, como de los recién nacidos en ella con sus pastos y leche.

Mas si decimos de la otra manera, *monte de*

corcovas o de hinchazones, dícese una señalada verdad; y es que como hay unos montes que suben seguidos hasta lo alto, y en lo alto hacen una punta sola y redonda, y otros que hacen muchas puntas y que están como compuestos de muchos cerros, así Cristo no es *Monte*, como los primeros, eminente y excelente en una cosa sola, sino *Monte* hecho de montes, y una grandeza llena de diversas e incomparables grandezas; y, como si dijésemos, *Monte* que todo El es montes, para que, como escribe divinamente San Pablo, *tengan principado y eminencia en todas las cosas.*

Dice más: *¿Qué sospecháis, montes de cerros? Este es el monte que Dios escogió para su morada, y ciertamente el Señor mora en él para siempre.* Habla con todo lo que se tiene a sí mismo por alto, y que se opone a Cristo, presumiendo de traer competencias con El, y díceles: *¿Qué sospecháis?* O como en otro lugar San Jerónimo puso: *¿Qué pleiteáis o qué peleáis contra este monte?.* Y es como si más claro dijese: ¿Qué presunción o qué pensamiento es el vuestro, ¡oh montes!, cuanto quiera que seáis, según vuestra opinión, eminentes, de oponeros con este *Monte*; pretendiendo, o vencerle, o poner en vosotros lo que Dios tiene ordenado de poner en él, que es su morada perpetua? Como si dijese: Muy en balde y muy sin fruto os fatigáis. De lo cual entendemos dos cosas: la una, que este *Monte* es envidiado y contradecido de muchos montes; y la otra, que es escogido de Dios entre todos.

Y de lo primero, que toca a la envidia y contradición, es, como si dijésemos, hado de Cristo el ser siempre envidiado; que no es pequeño consuelo para los que le siguen, como se lo pronosticó el viejo Simeón luego que lo vió Niño en el templo, y hablando con su madre, lo dijo: *Ves este Niño; será caída y levantamiento para muchos èn Israel, y como blanco a quien contradecirán muchos.* Y el Salmo segundo en este mismo propósito: *¿Por qué*, dice, *bramaron las gentes y los pueblos trataron consejos vanos? Pusiéronse los reyes de la tierra, y los príncipes se hicieron a una contra el Señor y contra su Cristo.*

Y fué el suceso bien conforme al pronóstico, como se pareció en la contradicción que hicieron a Cristo las cabezas del pueblo hebreo por todo el discurso de su vida, y en la conjuración que hicieron entre sí para traerle a la muerte. Lo cual, si se considera bien, admira mucho sin duda. Porque si Cristo se tratara como pudo tratarse y conforme a lo que se debía a la alteza de su persona; si apeteciera el mando temporal sobre todos, o si en palabras o si en hechos fuera altivo y deseoso de enseñorearse; si pretendiera no hacer bienes, sino enriquecerse de bienes, y, sujetando a las gentes, vivir con su sudor y trabajo de ellas en vida de descanso abundante; si le envidiaran y si se le opusieran muchos, movidos por sus intereses, ninguna maravilla fuera, antes fuera lo que cada día acontece; mas siendo la misma llaneza, y no anteponiéndose a nadie ni queriendo derrocar a ninguno de su preeminencia y oficio, viviendo sin fausto y humilde, y haciendo bienes jamás vistos generalmente a todos los hombres, sin buscar ni pedir ni aun querer recibir por ello ni honra ni interés, que le aborreciesen las gentes y que los grandes desamasen a un pobre, y los potentados y pontificados a un humilde bienhechor, es cosa que espanta.

Pues, ¿acabóse esta envidiosa oposición con su muerte, y a sus discípulos de El y a su doctrina no contradijeron después; ni se opusieron contra ellos los hombres ? Lo que fué en la cabeza, eso mismo aconteció por los miembros. Y como El mismo lo dijo : *No es el discípulo sobre el maestro ; si me persiguieron a mí, también os perseguirán a vosotros.* Así puntualmente les aconteció con los emperadores y con los reyes, y con los príncipes de la sabiduría del mundo. Y por la manera que nuestra bienaventurada Luz, debiendo según toda buena razón ser amado, fué perseguido, así a los suyos y a su doctrina, con quitar todas las causas y ocasiones de envidia y de enemistad, les hizo toda la grandeza del mundo enemiga cruel. Porque los que enseñaban, no a engrandecer las haciendas ni a caminar a la honra y a las dignidades, sino a seguir el estado humilde y ajeno de envidia, y a ceder de su propio derecho con todos, y a empobrecerse a sí para el remedio de la ajena pobreza, y a pagar el mal con el bien ; y los que vivían así, como lo enseñaban, hechos unos públicos bienhechores, ¿quién pensará jamás que pudieran ser aborrecidos y perseguidos de nadie ? O, cuando lo fueran de alguno, ¿quién creyera que lo habían de ser de los reyes, y que el poderío y grandeza había de tomar armas, y mover guerra contra una tan humilde bondad ? Pero era esta la suerte que dió a este *Monte* Dios para mayor grandeza suya.

Y aun, si queremos volver los ojos al principio y al primer origen de este aborrecimiento y envidia, hallaremos que mucho antes que comenzase a ser Cristo en la carne, comenzó este su odio ; y podremos venir en conocimiento de su causa de él en esta manera. Porque el primero que le envidió y aborreció fué Lucifer, como lo afirma, y muy conforme a la doctrina verdadera, el glorioso Bernardo ; y comenzóle a aborrecer luego que, habiéndoles a él y a algunos otros ángeles revelado Dios alguna parte de este su consejo y misterio, conoció que disponía Dios de hacer príncipe universal de todas las cosas a un hombre. Lo cual conoció luego al principio del siglo y antes que cayese, y cayó por ventura por esta ocasión.

Porque volviendo los ojos a sí, y considerando soberbiamente la perfección altísima de sus naturales, y mirando juntamente con esto el singular grado de gracias y dones de que le había dotado Dios, más que a otro ángel alguno, contento de sí y miserablemente desvanecido, apeteció para sí aquella excelencia. Y de apetecerla vino a no sujetarse a la orden y decreto de Dios, y a salir de su santa obediencia y a trocar la gracia en soberbia, por donde fué hecho cabeza de todo lo arrogante y soberbio, así como lo es Cristo de todo lo llano y humilde. Y como del que, en la escalera bajando, pierde algún paso, no para su caida en un escalón, sino de uno en otro llega hasta el postrero cayendo, así Lucifer, de la desobediencia para con Dios cayó en el aborrecimiento de Cristo, concibiendo contra El primero envidia y después sangrienta enemistad, y de la enemistad nació en él absoluta determinación de hacerle guerra siempre con todas sus fuerzas.

Y así lo intentó primero en sus padres, matando y condenando en ellos, cuanto fué en sí, toda la sucesión de los hombres; y después en su persona misma de Cristo, persiguiéndole por sus ministros y trayéndolo a muerte; y de allí en los discípulos y seguidores de El, de unos en otros hasta que se cierren los siglos, encendiendo contra ellos a sus principales ministros, que es a todo aquello que se tiene por sabio y por alto en el mundo.

En la cual guerra y contienda, peleando siempre contra la flaqueza el poder, y contra la humildad la soberbia y la maña, y la astucia contra la sencillez y bondad, al fin quedan aquéllos vencidos pareciendo que vencen. Y contra este enemigo propiamente, endereza David las palabras de que vamos hablando. Porque a este ángel y a los demás ángeles, que le siguieron en tantas maneras de naturales y graciosos bienes enriscados e hinchados, llama aquí *corcovados y enriscados montes* ; o por decirlo mejor, montes montuosos, y a éstos les dice así : ¿Porque, ¡oh, montes soberbios !, o envidiáis la grandeza del hombre en Cristo, que os es revelada, o le movéis guerra pretendiendo estorbarla, o sospecháis que se debía esta gloria a vosotros, o que será parte vuestra contradicción para quitársela ? Que yo os hago seguros que será vano este trabajo vuestro, y que redundará toda esta pelea en mayor acrecentamiento suyo ; y que por mucho que os empinéis, El pisará sobre vosotros, y la Divinidad reposará en El dulce y agradablemente por todos los siglos sin fin.

Y habiendo Marcelo dicho esto, callóse ; y luego Sabino, entendiendo que había acabado, y desplegando de nuevo el papel y mirando en él, dijo :

—Lo que se sigue ahora es asaz breve en palabras, mas sospecho que en cosas ha de dar bien que decir. Y dice así :

PADRE DEL SIGLO FUTURO

[Llámase Cristo *Padre del siglo futuro*, y explícase el modo
con que nos engendra en hijos suyos.]

—*El sexto nombre es* Padre del siglo futuro. *Así
le llama Isaías en el capítulo nueve, diciendo* : « Y
será llamado Padre del siglo futuro. »

—Aún no me había despedido del *Monte* —respondió Marcelo entonces— ; mas, pues Sabino
ha pasado adelante, y para lo que me quedaba
por decir habrá por ventura después otro mejor
lugar, sigamos lo que Sabino quiere. Y dice bien,
que lo que ahora ha propuesto es breve en palabras y largo en razón ; a lo menos, si no es largo,
es hondo y profundo, porque se encierra en ello
una gran parte del misterio de nuestra Redención. Lo cual, si como ello es, pudiese caber en
mi entendimiento, y salir por mi lengua vestido
con las palabras y sentencias que se le deben, ello
solo henchiría de luz y de amor celestial nuestras
almas. Pero, confiados del favor de Jesucristo y
ayudándome en ello vuestros santos deseos,

comencemos a decir lo que él nos diere, y comencemos de esta manera.

Cierta cosa es y averiguada en la Santa Escritura, que los hombres para vivir a Dios tenemos necesidad de nacer segunda vez, demás de aquella que nacemos cuando salimos del vientre de nuestras madres. Y cierto es que todos los fieles nacen este segundo nacimiento, en el cual está el principio y origen de la vida santa y fiel. Así lo afirmó Cristo a Nicodemus, que, siendo maestro de la Ley, vino una noche a ser su discípulo. Adonde, como por fundamento de la doctrina que le había de dar, propuso esto, diciendo: *Ciertamente te digo que ningún hombre, si no torna a nacer segunda vez, no podrá ver el reino de Dios.*

Pues por la fuerza de los términos correlativos que entre sí se responden, se sigue muy bien que donde hay nacimiento hay hijo, y donde hijo hay también padre. De manera que si los fieles, naciendo de nuevo, comenzamos a ser nuevos hijos, tenemos forzosamente algún nuevo Padre cuya virtud nos engendra; el cual Padre es Cristo. Y por esta causa es llamado *Padre del siglo futuro*, porque es el principio original de esta generación bienaventurada y segunda, y de la multitud innumerable de descendientes que nacen por ella.

Mas, porque esto se entienda mejor, en cuanto puede ser de nuestra flaqueza entendido, tomemos de su principio toda esta razón, y digamos lo primero de dónde vino a *ser necesario que el hombre naciese segunda vez*. Y dicho esto, y procediendo de grado en grado ordenadamente, diremos todo lo demás que a la claridad de todo este argumento y a su entendimiento conviene, llevando siempre, como en estrella de guía, puestos los ojos en la luz de la Escritura Sagrada, y siguiendo las pisadas de los Doctores y Santos antiguos.

Pues conforme a lo que yo ahora decía, como la infinita bondad de Dios, movida de su sola virtud, ante todos los siglos se determinase de levantar a sí la naturaleza del hombre y de hacerla particionera de sus mayores bienes y señora de todas sus criaturas, Lucifer, luego que lo conoció, encendido de envidia, se dispuso a dañar e infamar el género humano en cuanto pudiese, y estragarle en el alma y en el cuerpo; por tal manera que, hecho inhábil para los bienes del cielo, no viniese a efecto lo que en su favor había ordenado Dios. *Por envidia del demonio*, dice el Espíritu Santo en la *Sabiduría, entró la muerte en el mundo*. Y fué así que, luego que vió criado al primer hombre y cercado de la gracia de Dios, y puesto en lugar deleitoso y en estado bienaventurado, y como en un vecino y cercano escalón para subir al eterno y verdadero bien, echó también juntamente de ver que le había Dios vedado la fruta del árbol, y puéstole, si la comiese, pena de muerte, en la cual incurriese cuanto a la vida del alma luego, y cuanto a la del cuerpo después; y sabía por otra parte el demonio que Dios no podía por alguna manera volverse de lo que una vez pone. Y así, luego se imaginó que si él podía engañar al hombre y acabar con el que traspasase aquel mandamiento, lo dejaba necesariamente perdido y condenado a la muerte, así del alma como del cuerpo, y por la misma razón lo hacía incapaz del bien para que Dios le ordenaba.

Mas porque se le ofreció que, aunque pecase aquel hombre primero, en los que después de él naciesen podría Dios traer a efecto lo que tenía

143

ordenado en favor de los hombres, determinóse de poner en aquel primero, como en la fuente primera, su ponzoña y las semillas de su soberbia y profanidad y ambición, y las raíces y principios de todos los vicios; y poner un atizador continuo de ellos para que, juntamente con la naturaleza, en los que naciesen de aquel primer hombre se derramase y extendiese este mal, y así naciesen todos culpados y aborrecibles a Dios, e inclinados a continuas y nuevas culpas, e inútiles todos para ser lo que Dios había ordenado que fuesen.

Así lo pensó, y como lo pensó lo puso por obra, y sucedióle su pretensión. Porque, inducido y persuadido del demonio, el hombre pecó, y con esto tuvo por acabado su hecho, esto es, tuvo al hombre por perdido a remate, y tuvo por desbaratado y deshecho el consejo de Dios.

Y a la verdad, quedó extrañamente dificultoso y revuelto todo este negocio del hombre. Porque se contradecían y como hacían guerra entre sí dos decretos y sentencias divinas, y no parecía que se podía dar corte ni tomar medio alguno que bueno fuese. Porque por una parte había decretado Dios de ensalzar al hombre sobre todas las cosas, y por otra parte había firmado que, si pecase, le quitaría la vida del alma y del cuerpo; y había pecado. Y así, si cumplía Dios el decreto primero, no cumplía con el segundo; y al revés, cumpliendo el segundo dicho, el primero se deshacía y borraba; y juntamente con esto, no podía Dios, así en lo uno como en lo otro, no cumplir su palabra; porque no es mudable Dios en lo que una vez dice, ni puede nadie poner estorbo a lo que El ordena que sea. Y cumplirlo en ambas cosas parecía imposible; porque si a alguno se ofrece que fuera bueno criar Dios otros hombres no descendientes de aquel primero, y cumplir con éstos la ordenación de su gracia, y la sentencia de su justicia ejecutarla en los otros, Dios lo pudiera hacer muy bien sin ninguna duda ; pero todavía quedaba falta y como menor la verdad de la promesa primera ; porque la gracia de ella no se prometía a cualesquiera, sino a aquellos hombres que criaba Dios en Adán, esto es, a los que de él descendiesen.

Por lo cual, en esto que no parecía haber medio, el saber no comprensible de Dios lo halló, y dió salida a lo que por todas partes estaba con dificultades cerrado. Y el medio y la salida fué, no criar otro nuevo linaje de hombres, sino dar orden cómo aquellos mismos ya criados, y por orden de descendencia nacidos, naciesen de nuevo otra vez, y para que ellos mismos y unos mismos, según el primer nacimiento muriesen, y viviesen según el segundo ; y en lo uno ejecutase Dios la pena ordenada, y la gracia y la grandeza prometida cumpliese Dios en lo otro ; y así quedase en todo verdadero y glorioso.

Mas, ¡qué bien, aunque brevemente, San León Papa dice esto que he dicho !. « Porque se alababa, dice, el demonio que el hombre, por su engaño inducido al pecado, había ya de carecer de los dones del cielo, y que, desnudado del don de la inmortalidad, quedaba sujeto a dura sentencia de muerte ; y porque decía que había hallado consuelo de sus caídas y males con la compañía del nuevo pecador, y que Dios también, pidiéndolo así la razón de su severidad y justicia para con el hombre, al cual crió para honra tan grande, había mudado su antiguo y primer parecer ; pues por eso fué necesario que usase Dios de nueva y secreta forma de consejo, para que Dios, que es inmudable, y cuya voluntad no puede ser impedida en los largos bienes que hacer determina, cumpliese con misterio más secreto el primer decreto y ordenación de su clemencia; y para que el hombre, por haber sido inducido a culpa por el engaño y astucia de la maldad infernal, no pereciese contra lo que Dios tenía ordenado.»

Esta, pues, es la necesidad que tiene el hombre de nacer segunda vez. A lo cual se sigue saber qué es o qué fuerza tiene; y en qué consiste este nuevo y segundo nacimiento. Para lo cual presupongo que cuando nacemos, juntamente con la sustancia de nuestra alma y cuerpo con que nacemos, nace también en nosotros un espíritu y una infección infernal, que se extiende y derrama por todas las partes del hombre, y se enseñorea de todas y las daña y destruye. Porque en el entendimiento es tinieblas, y en la memoria olvido, y en la voluntad culpa, y desorden de las leyes de Dios, y en los apetitos fuego y desenfrenamiento, y en los sentidos engaño, y en las obras pecado y maldad, y en todo el cuerpo desatamiento y flaqueza y penalidad, y, finalmente, muerte y corrupción. Todo lo cual San Pablo suele comprender con un solo nombre, y lo llama *pecado y cuerpo de pecado*. Y Santiago dice *que la rueda de nuestro nacimiento*, esto es, el principio de él o la sustancia con que nacemos, *está encendida con fuego del infierno*.

De manera que en la sustancia de nuestra alma y cuerpo nace, cuando ella nace, impresa y apegada esta mala fuerza, que con muchos nombres apenas puede ser bien declarada; la cual se apodera de ella así, que no solamente la inficiona y contamina y hace casi otra, sino también la mueve y enciende y lleva por donde quiere, como si fuese alguna otra sustancia o espíritu asentado y engerido en el nuestro, y poderoso sobre él.

Y si quiere saber alguno la causa por qué nacemos así, para entenderlo hase de advertir, lo primero, que la sustancia de la naturaleza del hombre, ella de sí y de su primer nacimiento es sustancia imperfecta, y como si dijésemos comenzada a hacer; pero tal, que tiene libertad y voluntad para poder acabarse y figurarse del todo en la forma, o mala o buena, que más le pluguiere: porque de suyo no tiene ninguna, y es capaz para todas, y maravillosamente fácil y como de cera para cada una de ellas. Lo segundo, hase también de advertir que esto que le falta y puede adquirir el hombre, que es como cumplimiento y fin de la obra, aunque no le da cuando lo tiene el ser y el vivir y el moverse, pero dale el ser bueno o ser malo; y dale determinadamente su bien y figura propia, y es como el espíritu y la forma de la misma alma, y la que la lleva y determina a la cualidad de sus obras, y lo que se extiende y trasluce por todas ellas, para que obre como vive y para que sea lo que hace, conforme al espíritu que la califica y la mueve a hacer.

Pues aconteciónos así, que Dios cuando formó al primer hombre, y formó en él a todos los que nacemos de él como en su simiente primera, porque le formó con sus manos solas, y de las manos de Dios nunca sale cosa menos acabada y perfecta, sobrepuso luego a la sustancia natural del hombre los dones de su gracia, y figurólo particularmente con su sobrenatural imagen y espíritu, y sacólo como si dijésemos de un golpe y de una vez acabado, del todo y divinamente acabado. Porque al que, según su facilidad natural, se podía figurar en condiciones y mañas, o como bruto o como demonio o como ángel, figuróle El como Dios, y puso en él una imagen suya sobrenatural y muy cercana a su semejanza, para que así él como los que estábamos en él, naciendo después, la tuviésemos siempre por nuestra, si el primer padre no la perdiese.

Mas perdióla presto, porque traspasó la ley de Dios ; y así fué despojado luego de esta perfección de Dios que tenía ; y, despojado de ella, no fué su suerte tal que quedase desnudo, sino, como dicen del trueco de Glauco y Diómedes, trocando desigualmente las armas, juntamente fué desnudado y vestido. Desnudado del espíritu y figura sobrenatural de Dios, y vestido de la culpa y de su miseria, y del traje y figura y espíritu del demonio cuyo inducimiento siguió. Porque así como perdió lo que tenía de Dios, porque se apartó de El, así, porque siguió y obedeció a la voz del demonio, concibió luego en sí su espíritu ysus mañas, permitiendo por esta razón Dios justísimamente que debajo de aquel manjar visible, por vía y fuerza secreta, pusiese en él el demonio una imagen suya, esto es, una fuerza malvada muy semejante a él.

La cual fuerza, unas veces llamamos ponzoña, porque se presentó el demonio en figura de sierpe ; otras ardor y fuego, porque nos enciende y abrasa con no creíbles ardores ; y otras pecado, porque consiste toda ella en desorden y desconcierto, y siempre inclina a desorden. Y tiene otros mil nombres, y son pocos todos para decir lo malo que ella es ; y el mejor es llamarla un otro demonio, porque tiene y encierra en sí las condiciones todas del demonio : soberbia, arrogancia, envidia, desacato de Dios, afición a bienes sensibles, amor de deleites y de mentira y de enojo y de engaño y de todo lo que es vanidad.

El cual mal espíritu, así como sucedió al bueno que el hombre tenía antes, así en la forma del daño que hizo imitó al bien y al provecho que hacía el primero. Y como aquél perfeccionaba al hombre, no sólo en la persona de Adán, sino también en la de todos los que estábamos en él, y así como era bien general, que ya en virtud y en derecho lo teníamos todos, y lo tuviéramos cada uno en real posesión en naciendo, así esta ponzoña emponzoñaba, no a Adán solamente, sino a todos nosotros, sus sucesores ; primero a todos en la raíz y semilla de nuestro origen, y después en particular a cada uno cuando nacemos, naciendo juntamente con nosotros y apegada a nosotros.

Y esta es la causa por que nacemos, como dije al principio, inficionados y pecadores ; porque, así como aquel espíritu bueno, siendo hombres, nos hacía semejantes a Dios, así este mal y pecado añadido a nuestra sustancia y naciendo con ella, la figura y hace que nazca, aunque en forma de hombre, pero acondicionada como demonio y serpentina verdaderamente ; y por el mismo caso culpada y enemiga de Dios, e hija de ira y del demonio, y obligada al infierno.

Y tiene aún, demás de éstas, otras propiedades esta ponzoña y maldad, las cuales iré refiriendo ahora, porque nos servirán mucho para después.

Y lo primero, tiene que, entre estas dos cosas que digo, de las cuales la una es la sustancia del cuerpo y del alma, y la otra esta ponzoña y espíritu malo, hay esta diferencia cuanto a lo que toca a nuestro propósito ; que la sustancia del cuerpo y del alma ella de sí es buena y obra de Dios ; y si llegamos la cosa a su principio, la tenemos de sólo Dios. Porque el alma El sólo la cría ; y del cuerpo, cuando al principio lo hizo de un poco de barro, El solo fué el Hacedor ; y ni más ni menos, cuando después lo produce de aquel cuerpo primero, y como van los tiempos los saca a la luz en cada uno que nace, El también es el principal de la obra. Mas el otro espíritu ponzoñoso y soberbio en ninguna manera es obra de Dios, ni se engendra en nosotros con su querer y voluntad, sino es obra toda del demonio y del primer hombre : del demonio, inspirando y persuadiendo ; del hombre, voluntaria y culpablemente recibiéndolo en sí.

Y así, esto sólo es lo que la Santa Escritura llama en nosotros *viejo hombre y viejo Adán*, porque es propia hechura de Adán ; esto es, porque es, no lo que tuvo Adán de Dios, sino lo que él hizo en sí por su culpa y por virtud del demonio. Y llámase *vestidura vieja* porque, sobre la naturaleza que Dios puso en Adán, él se revistió después con esta figura, e hizo que naciésemos revestidos de ella nosotros. Y llámase *imagen del hombre terreno*, porque aquel hombre que Dios formó de la tierra se transformó en ella por su voluntad ; y cual él se hizo entonces, tales nos engendra después y le parecemos en ella, o por decir verdad, en ella somos del todo sus hijos, porque en ella somos hijos solamente de Adán. Que en la naturaleza y en los demás bienes naturales con que nacemos somos hijos de Dios, o sola o principalmente, como arriba está dicho. Y sea esto lo primero.

Lo segundo, tiene otra propiedad este mal espíritu, que su ponzoña y daño de él nos toca de dos maneras ; una en virtud, otra formal y declaradamente. Y porque nos toca virtualmente de la primera manera, por eso nos tocó formalmente después. En virtud nos tocó, cuando nosotros aún no teníamos ser en nosotros, sino en el ser y en la virtud de aquel que fué padre de todos ; en efecto y realidad, cuando de aquella preñez venimos a esta luz.

En el primer tiempo, este mal no se parecía claro sino en **Adán** solamente; pero entiéndase que lanzaba su ponzoña con disimulación en todos los que estábamos en él también, como disimulados; mas, en el segundo tiempo, descubierta y expresamente nace con cada uno. Porque si tomásemos ahora la pepita de un melocotón o de otro árbol cualquiera, en la cual están originalmente encerrados la raíz del árbol y el tronco y las hojas y flores y frutos de él, y si imprimiésemos en la dicha pepita por virtud de alguna infusión algún color y sabor extraño, en la pepita misma luego se ve y siente este color y sabor; pero en lo que está encerrado en su virtud de ella aún no se ve, así como ni ello mismo aún no es visto; pero entiéndese que está ya lanzado en ella aquel color y sabor, y que le está impreso en la misma manera que aquello todo está en la pepita encerrado, y verse ha abiertamente después en las hojas y flores y frutos que digo, cuando del seno de la pepita o grano, donde estaban cubiertos, se descubrieren y salieren a luz. Pues así y por la misma manera pasa en esto de que vamos hablando.

La tercera propiedad, y que se consigue a lo que ahora decíamos, es que esta fuerza o espíritu que decimos nace al principio en nosotros, no porque nosotros por nuestra propia voluntad y persona la hicimos o merecimos, sino por lo que hizo y mereció otro que nos tenía dentro de sí, como el grano tiene la espiga; y así su voluntad fué habida por nuestra voluntad; y queriendo él, como quiso, inficionarse en la forma que hemos dicho, fuimos vistos nosotros querer para nosotros lo mismo. Pero, dado que al principio esta maldad o espíritu de maldad nace en nosotros sin merecimiento nuestro propio, mas después, queriendo nosotros seguir sus ardores y dejándonos llevar de su fuerza, crece y se establece y confirma más en nosotros por nuestros desmerecimientos. Y así, naciendo malos y siguiendo el espíritu malo con que nacemos, merecemos ser peores, y de hecho lo somos.

Pues sea lo cuarto y postrero que esta mala ponzoña y simiente, que tantas veces ya digo que nace con la sustancia de nuestra naturaleza y se extiende por ella, cuanto es de su parte la destruye y trae a perdición, y la lleva por sus pasos contados a la suma miseria; y cuanto crece y se fortifica en ella, tanto más la enflaquece y desmaya, y si debemos usar de esta palabra aquí, la anihila. Porque, aunque es verdad, como hemos ya dicho, que la naturaleza nuestra es de cera para hacer en ella lo que quisiéremos; pero como es hechura de Dios, y por el mismo caso buena hechura, la mala condición y mal ingenio y mal espíritu que le ponemos, aunque le recibe por su facilidad y capacidad, pero recibe daño con él, por ser, como obra de buen maestro, buena ella de suyo e inclinada a lo que es mejor. Y como la carcoma hace en el madero, que naciendo en él lo consume, así esta maldad o mal espíritu, aunque se haga a él y se envista de él nuestra naturaleza, la consume casi del todo.

Porque asentado en ella y como royendo en ella continuamente, pone desorden y desconcierto en todas las partes del hombre; porque pone en alboroto todo nuestro reino, y lo divide entre sí y desata las ligaduras con que esta compostura nuestra de cuerpo y de alma se ata y se traba; y así hace que ni el cuerpo esté sujeto al alma, ni el alma a Dios, que es camino cierto y breve para traer así el cuerpo como el alma a la muerte. Porque como el cuerpo tiene del alma su vida toda, vive más cuanto le está más sujeto; y por el contrario, se va apartando de la vida como va saliéndose de su sujeción y obediencia; y así, este dañado furor, que tiene por oficio sacarle de ella, en sacándole, que es desde el primer punto que se junta a él y que nace con él, le hace pasible y sujeto a enfermedades y males; y así como va creciendo en él, le enflaquece más y debilita, hasta que al fin le desata y aparta del todo del alma, y le torna en polvo, para que quede pra siempre hecho polvo cuanto es de su parte.

Y lo que hace en el cuerpo, eso mismo hace en el alma; que como el cuerpo vive de ella, así ella vive de Dios, del cual este espíritu malo la aparta y va cada dia apartándola más, cuanto más va creciendo. Y ya que no puede gastarla toda ni volverla en nada, porque es de metal que no se corrompe, gástala hasta no dejarle más vida de la que es menester para que se conozca por muerta, que es la muerte que la Escritura Santa llama *segunda muerte*, y la muerte mayor o la que es sola verdadera muerte; como se pudiera mostrar ahora aquí con razones que lo ponen delante los ojos; pero no se ha de decir todo en cada lugar.

Mas lo propio de este que tratamos ahora, y lo que decir nos conviene, es lo que dice Santiago, el cual, como en una palabra, esto todo que he dicho lo comprende, diciendo: *El pecado, cuando llega a su colmo, engendra muerte*. Y es digno de considerar que cuando amenazó Dios al hombre con miedos para que no diese entrada en su corazón a este pecado, la pena que le denunció fué eso mismo que él hace, y el fruto que nace de él, según la fuerza y la eficacia de su cualidad, que es una perfecta y acabada muerte; como no queriendo El por sí poner en el hombre las manos ni ordenar contra él extraordinarios castigos, sino dejarle al azote de su propio querer, para que fuese verdugo suyo eso mismo que había escogido.

Mas dejando esto aquí y tornando a lo que al principio propuse, que es decir aquello en que consiste este postrer nacimiento, digo que consiste, no en que nazca en nosotros otra sustancia de cuerpo y de alma, porque eso no fuera nacer otra vez, sino nacer otros, con lo cual, como está dicho, no se conseguía el fin pretendido: sino consiste en que nuestra sustancia nazca sin aquel mal espíritu y fuerza primera, y nazca con otro espíritu y fuerza contraria y diferente de ella. La cual fuerza y espíritu en que, según decimos, consiste el segundo nacer, es llamado *hombre nuevo y Adán nuevo* en la Santa Escritura, así como el otro su contrario y primero se llama *hombre viejo*, como hemos ya dicho.

Y así como aquél se extendía por todo el cuerpo y por toda el alma del hombre, así el bueno también se extiende por todo; y como lo desordenaba aquél, lo ordena éste y lo sanifica y trae últimamente a vida gloriosa y sin fin, así como aquél lo condenaba a muerte miserable y eterna. Y es, por contraria manera del otro, luz en el ánimo y acuerdo de Dios en la memoria, y justicia en la voluntad, y templanza en los deseos, y en los sentidos guía, y en las manos y en las obras provechoso mérito y fruto, y finalmente, vida y paz general de todo el hombre, e imagen verdadera de Dios, y que hace a los hombres sus hijos. Del cual espíritu, y de los buenos efectos que hace, y de toda su eficacia y virtud, los sagrados escritores, tratando de él debajo de diversos nombres, dicen mucho en muchos lugares; pero baste por todos San Pablo en lo que, escribiendo a los Gálatas, dice de esta manera: *El fruto del Espíritu Santo son caridad, gozo, paz, largueza de ánimo, bondad, fe, mansedumbre y templanza.* Y el mismo, en el capítulo terceros a los Colosenses: *Despojándoos del hombre viejo, vestio el nuevo, el renovado para conocimiento, según la imagen del que le crió.*

Esto, pues, es nacer los hombres segunda vez, conviene a saber, vestirse de este espíritu y nacer, no con otro ser y sustancia, sino calificarse y acondicionare de otra manera, y nacer con otro aliento diferente. Y aunque prometí solamente decir qué nacimiento era éste, en lo que he dicho he declarado no sólo lo que es el nacer, sino también cuál es lo que nace y las condiciones del espíritu que en nosotros nace, así la primera vez como la segunda.

Resta ahora que, pasando adelante, digamos qué hizo Dios y la forma que tuvo par que naciésemos de esta segunda manera; con lo cual, si lo llevamos a cabo, quedará casi acabado todo lo que a esta declaración pertenece.

Callóse Marcelo luego que dijo esto, y comenzábase a apercibir para tornar a decir; mas Juliano, que desde el principio le había oído atentísimo, y por algunas veces con significaciones y meneos había dado muestras de maravillarse, tomando la mano, dijo:

—Estas cosas, Marcelo, que ahora decís no las sacáis de vos, ni menos sois el primero que las traéis a luz; porque todas ellas están como sembradas y esparcidas, así en los Libros divinos como en los Doctores sagrados, unas en unos lugares y otras en otros; pero sois el primero de los que he visto y oído yo que, juntando cada una cosa con su igual cuya es, y como pareándolas entre sí y poniéndolas en sus lugares, y trabándolas todas y dándoles orden, habéis hecho como un cuerpo y como un tejido de todas ellas. Y aunque es verdad que cada una de estas cosas por sí, cuando en los libros donde están las leemos, nos alumbran y enseñan ; pero no sé en qué manera, juntas y ordenadas, como vos ahora las habéis ordenado, hinchen el alma juntamente de luz y de admiración, y parece qu le abren como una nueva puerta de conocimiento. No sé lo que sentirán los demás ; de mí os afirmo que, mirando aqueste bulto de cosas y este concierto tan trabado del consejo divino, que vais ahora diciendo y aún no habéis dicho del todo, pero esto sólo que hasta aquí habéis platicado, mirándolo, me hace ya ver, a lo que me parece, en las Letras Sagradas muchas cosas, no digo que no las sabía, sino que no las advertía antes de ahora y que pasaba fácilmente por ellas.

Y aun se me figura también, no sé si me engaño, que este solo misterio, así todo junto bien entendido, él por sí sólo basta a dar luz en muchos de los errores que hacen en este miserable tiempo guerra a la Iglesia, y basta a desterrar sus tinieblas de ellos. Porque en esto sólo que habéis dicho, y sin ahondar más en ello, ya se me ofrece a mi como se me viene a los ojos, ver cómo este nuevo espíritu, en que el segundo y nuevo nacimiento nuestro consiste, es cosa metida en nuestra alma que la transforma y renueva ; así como su contrario de éste, que hace el nacimiento primero, vivía también en ella y la inficionaba. Y que no es cosa de imaginación ni de respeto exterior, como dicen los que desatinan ahora ; porque si fuera así no hiciera nacimiento nuevo, pues en realidad de verdad no ponía cosa alguna nueva en nuestra sustancia, antes la dejaba en su primera vejez.

Y veo también que este espíritu y criatura nueva es cosa que recibe crecimiento, como todo lo demás que nace; y veo que crece por la gracia de Dios, y por la industria y buenos méritos de nuestras obras que nacen de ella; como al revés su contrario, viviendo nosotros en él y conforme a él, se hace cada día mayor y cobra mayores fuerzas, cuanto son nuestros desmerecimientos mayores. Y veo también que, obrando, crece este espíritu; quiero decir, que las obras que hacemos movidos de él merecen su crecimiento de él y son como su cebo y propio alimento, así como nuestros pecados ceban y acrecientan a ese mismo espíritu malo dañado que a ellos nos mueve.

—Sin duda es así—respondió entonces Marcelo—que esta nueva generación y el consejo de Dios acerca de ella, si se ordena todo junto y se declara y entiende bien, destruye las principales fuentes del error luterano y hace su falsedad manifiesta. Y entendido bien esto de una vez, quedan claras y entendidas muchas Escrituras, que parecen revueltas y oscuras. Y si tuviese yo lo que para esto es necesario de ingenio y de letras, y si me concediese el Señor el ocio y el favor que yo le suplico, por ventura emprendería servir en este argumento a la Iglesia, declarando este misterio y aplicándolo a lo que ahora entre nosotros y los herejes se alterca, y con el rayo de esta luz sacando de cuestión la verdad; que a mi juicio sería obra muy provechosa; y así como puedo, no me despido de poner en ella mi estudio a su tiempo.

—¿Cuándo no es tiempo para un negocio semejante?—respondió Juliano.

—Todo es buen tiempo—respondió Marcelo—; mas no está todo en mi poder, ni soy mío en todos los tiempos. Porque ya veis cuántas son mis ocupaciones y la flaqueza grande de mi salud.

—¡Como si en medio de estas ocupaciones y poca salud—dijo, ayudando a Juliano, Sabino—no supiésemos que tenéis tiempo para otras escrituras que no son menos trabajosas que esa, y son de mucho menos utilidad !

—Esas son cosas—respondió Marcelo—que, dado que son muchas en número, pero son breves cada una por sí ; mas esta es larga escritura y muy trabada y de grandísima gravedad, y que, comenzada ma vez, no se podía, hasta llegarla al fin, dejar de la mano. Lo que yo deseaba era el fin de estos pleitos y pretendencias de escuelas, con algún mediano y reposado asiento. Y si al Señor le agradare servirse en esto de mí, su piedad lo dará.

—El lo dará—respondieron como a una Juliano y Sabino— ; pero esto se debe anteponer a todo lo demás.

—Que se anteponga—dijo Marcelo—en buena hora, mas eso será después ; ahora tornemos a proseguir lo que está comenzado.

Y callando con esto los dos, y mostrándose atentos, Marcelo tornó a comenzar así :

—Hemos dicho cómo los hombres nacemos segunda vez, y la razón y necesidad por qué nacemos así, y aquelio en que este nacimiento consiste. Quédanos por decir la forma que tuvo y tiene Dios para hacerle, que es decir lo que ha hecho para que seamos los hombres engendrados segunda vez. Lo cual es breve y largo juntamente : breve, porque con decir solamente que hizo un otro hombre, que es Cristo hombre, para que nos engendrase segunda vez, así como el primer hombre nos engendró la primera, queda dicho todo lo que es ello en sí ; mas es largo, porque para que esto mismo se entienda bien y se conozca, es menester declarar lo que puso Dios en Cristo, para que con verdad se diga ser nuevo *Padre*, y la forma como El nos engendra. Y así lo uno como lo otro no se puede declarar brevemente.

Mas viniendo a ello, y comenzando de lo primero, digo que, queriendo Dios y placiéndole por su bondad infinita dar nuevo nacimiento a los hombres, ya que el primero, por culpa de ellos, era nacimiento perdido, porque de su ingenio es traer a su fin todas las cosas con suavidad y dulzura, y por los medios que su razón de ellas pide y demanda, queriendo hacer nuevos hijos, hizo convenientemente un nuevo *Padre* de quien ellos naciesen, y hacerle fué poner en El todo aquello que para ser *Padre universal* es necesario y conviene.

Porque lo primero, porque había de ser *Padre* de hombres, ordenó que fuese hombre; y porque había de ser *Padre* de hombres ya nacidos, para que tornasen a renacer, ordenó que fuese del mismo linaje y metal de ellos. Pero, porque en esto se ofrecía una grande dificultad, que por una parte, para que renaciese de este nuevo *Padre* nuestra sustancia mejorada, convenía que fuese El del mismo linaje y sustancia; y por otra parte, estaba dañada e inficionada toda nuestra sustancia en el primer padre, y por la misma causa tomándola de él el segundo *Padre*, parecía que la había de tomar asimismo dañada, y si la tomaba así, no pudiéramos nacer de El segunda vez puros y limpios, y en la manera que Dios pretendía que naciésemos; así que, ofreciéndose esta dificultad, el sumo saber de Dios, que en las mayores dificultades resplandece más, halló forma cómo este segundo *Padre* fuese hombre del linaje de Adán, y no naciese con el mal y con el daño con que nacen los que nacemos de Adán.

Y así, le formó de la misma masa y descendencia de Adán ; pero no como se forman los demás hombres, con las manos y obra de Adán, que es todo lo que daña y estraga la obra, sino formóle con las suyas mismas y por sí sólo y por la virtud de su Espíritu, en las entrañas purísimas de la soberana Virgen, descendiente de Adán. Y de su sangre y sustancia santísima, dándola ella sin ardor vicioso y con amor de caridad encendido, hizo el *Segundo Adán y Padre* nuestro universal de nuestra sustancia, y ajeno del todo de nuestra culpa, y como panal virgen hecho con las manos del cielo de materia pura, o por mejor decir, de la flor de la pureza misma y de la virginidad. Y esto fué lo primero.

Y demás de esto, procediendo Dios en su obra, porque todas las cualidades que se descubren en la flor y en el fruto conviene que estén primero en la semilla, de donde la flor nace y el fruto ; por eso en éste, que había de ser origen de esta nueva y sobrenatural descendencia, asentó y colocó abundantísima e infintamente, por hablar más verdad, todo aquello bueno en que habíamos de renacer todos los que naciésemos de El : la gracia, la justicia y el espíritu celestial, la caridad, el saber, con todos los demás dones del Espíritu Santo ; y asentólos como en principio con virtud y eficacia para que naciesen de El en otros y se derivasen en sus descendientes, y fuesen bienes que pudiesen producir de sí otros bienes. Y porque en el principio no solamente están las cualidades de los que nacen de él, sino también esos mismos que nacen, antes que nazcan en sí, están en su principio como en virtud, por tanto, convino también que los que nacemos de este divino *Padre* estuviésemos primero puestos en El como en nuestro principio y como en simiente, por secreta y divina virtud. Y Dios lo hizo así.

Porque se ha de entender que Dios, por una manera de unión espiritual e inefable, juntó con Cristo en cuanto hombre, y como encerró en El a todos sus miembros ; y los mismos que cada uno en su tiempo vienen a ser en sí mismos y a renacer y vivir en justicia, y los mismos que después de la resurrección de la carne, justos y gloriosos y por todas partes deificados, diferentes en personas, seremos unos en espíritu, así entre nosotros como con Jesucristo, o por hablar con más propiedad, seremos todos un Cristo ; esos mismos, no en forma real, sino en virtud original, estuvimos en El antes que renaciésemos por obra y por artificio de Dios, que le plugo ayuntarnos a sí secreta y espiritualmente con quien había de ser nuestro principio para que con verdad lo fuese, y para que procediésemos de El, no naciendo según la sustancia de nuestra humana naturaleza, sino renaciendo según la buena vida de ella, con el espíritu de justicia y de gracia.

Lo cual, demás de que lo pide la razón de ser *Padre*, consíguese necesariamente a lo que ante de esto dijimos. Porque si puso Dios en Cristo espíritu y gracia principal, esto es, en sumo y eminente grado, para que de allí se engendrase el nuevo espíritu y la nueva vida de todos, por el mismo caso nos puso a todos en El, según esta razón. Como en el fuego, que tiene en sumo grado el calor, y es por eso la fuente de todo lo que es en alguna manera caliente, está todo lo que lo puede ser, aun antes que lo sea, como en su fuente y principio.

Mas, por sacarlo de toda duda, será bien que lo probemos con el dicho y testimonio del Espíritu

Santo. San Pablo, movido por El en la carta que escribe a los Efesios, dice lo que ya he alegado antes de ahora: *Que Dios en Cristo recapituló todas las cosas.* Adonde la palabra del texto griego es palabra propia de los contadores, y significa lo que hacen cuando muchas y diferentes partidas las reducen a una, lo cual llamamos en castellano sumar. Adonde en la suma están las partidas todas, no como antesestaban ellas en sí divididas, sino como en suma y virtud. Pues de misma manera dice San Pablo que Dios *sumó todas las cosas en Cristo*, o que Cristo es como una suma de todo; y, por consiguiente, está en El puesto todo y ayuntado por Dios espiritual y secretamente, según aquella manera y según aquel ser en que todo puede ser por El reformado, y como si dijésemos reengendrado otra vez, como el efecto está unido a su causa antes que salga de ella, y como el ramo en su raíz y principio.

Pues aquella consecuencia que hace el mismo San Pablo, diciendo: *Si Cristo murió por todos, luego todos morimos*, notoria cosa es que estriba y que tiene fuerza en esta unión que decimos. Porque muriendo El, por eso morimos, porque estábamos en El todos en la forma que he dicho. Y aun esto mismo se colige más claro de lo que a los Romanos escribe: *Sabemos*, dice, *que nuestro viejo hombre fué crucificado juntamente con El.* Si fué crucificado con El, estaba sin duda en El, no por lo que tocaba a su persona de Cristo, la cual fué siempre libre de todo pecado y vejez, sino porque tenía unidad y juntas consigo mismo nuestras personas por secreta virtud.

Y por razón de esta misma unión y ayuntamiento se escribe en otro lugar de Cristo: *Que nuestros pecados todos los subió en sí, y los enclavó en el madero.* Y lo que a los Efesios escribe San Pablo: *Que Dios nos vivificó en Cristo y nos resucitó con El juntamente, y nos hizo sentar juntamente con El en los cielos,* aun antes de la resurrección y glorificación general, se dice y escribe con grande verdad, por razón de esta unidad. Dice Isaías *que puso Dios en Cristo las maldades de todos nosotros, y que su cardenal nos dió salud.* Y el mismo Cristo, estando padeciendo en la cruz, con alta y lastimera voz dice: *Dios mío, Dios mío, ¿por qué me desamparaste? Lejos de mi salud las voces de mis pecados;* así como tanto antes de su pasión lo había profetizado y cantado David.

Pues ¿cómo será esto verdad, si nos es verdad que Cristo padecía en persona de todos, y, por consiguiente, que estábamos en El ayuntados todos por secreta fuerza, como están en el padre los hijos, y los miembros en la cabeza? ¿No dice el profeta *que trae este rey sobre sus hombros su imperio?* —Mas ¿qué imperio?, pregunto—. El mismo Rey lo declara cuando, en la parábola de la oveja perdida, dice que para reducirla la *puso sobre sus hombros.* De manera que su imperio son los suyos, sobre quienes El tiene mando, los cuales trae sobre sí, porque para reengendrarlos y salvarlos los ayuntó primero consigo mismo. San Agustín sin duda dícelo así escribiendo sobre el Salmo veintiuno alegado, y dice de esta manera: *¿Y por qué dice eso, sino porque nosotros estábamos allí también en El?*

Mas excusados son los argumentos adonde la verdad ella misma se declara a sí misma. Oigamos lo que Cristo dice en el sermón de la Cena: *En aquel día conoceréis* (y hablaba del día en que descendió sobre ellos el Espíritu Santo); *así que en aquel día conoceréis que Yo estoy en mi Padre, y vosotros en Mí.*

De manera que hizo Dios a Cristo *Padre* de este nuevo linaje de hombres; y para hacerle *Padre* puso en El todo lo que al ser *Padre* se debe : la naturaleza conforme a los que de El han de nacer y los bienes todos que han de tener los que en esta manera nacieren ; y, sobre todo, a ellos mismos los que así nacerán encerrados en El y unidos con El como en virtud y en origen.

Mas, ya que hemos dicho cómo puso Dios en Cristo todas las partes y virtudes de *Padre*, pasemos a lo que nos queda por decir, y hemos prometido decirlo, que es la manera *cómo este Padre nos engendró*. Y declarando la forma de esta generación, quedará más averiguado y sabido el misterio secreto de la unión sobredicha ; y declarando cómo nacemos de Cristo, quedará claro cómo es verdad que estábamos en El primero.

Pero convendrá para dar principio a esta declaración que volvamos un poco atrás con la memoria, y que pongamos en ella y delante de los ojos del entendimiento lo que arriba dijimos del espíritu malo con que nacemos la primera vez, y de cómo se nos comunicaba primero en virtud, cuando nosotros ambién teníamos el ser en virtud y estábamos como encerrados en nuestro principio, y después en expresa realidad, cuando saliendo de él y viniendo a esta luz, comenzamos a ser en nosotros mismos. Porque se ha de entender que este segundo *Padre*, como vino a deshacer los males que hizo el primero, por las pisadas que fué dañando el otro, por esas mismas procede El haciéndonos bien. Pues digo así, que Cristo nos reengendró y calificó primero en sí mismo, como en virtud y según la manera como en El estábamos juntos, y después nos engendra y renueva a cada uno por sí y según el efecto real.

Y digamos de lo primero.

Adán puso en nuestra naturaleza y en nosotros, según que en él estábamos, el espíritu del pecado y la desorden, desordenándose él a sí mismo y abriendo la puerta del corazón a la ponzoña de la serpiente y aposentándola en sí y en nosotros. Y ya desde aquel tiempo, cuanto fué de su parte de él, comenzamos a ser en la forma que entonces éramos, inficionados y malos. Cristo, nuestro bienaventurado *Padre*, dió principio a nuestra vida y justicia, haciendo en *sí* primero lo que en nosotros había de nacer y perecer después; y como quien pone en el grano la calidad con que desea que la espiga nazca, así, teniéndonos a todos juntos en sí, en la forma que hemos y dicho, con lo que hizo en sí, cuanto fué de su parte, nos comenzó a hacer y a calificar en origen tales cuales nos había de engendrar después en realidad y en efecto.

Y porque este nacimiento y origen nuestro no era primer origen, sino nacimiento después de otro nacimiento y de nacimiento perdido y dañado, fué necesario hacer no sólo lo que convenía para darnos buen espíritu y buena vida, sino padecer también lo que era menester, para quitarnos el mal espíritu con que habíamos venido a la vida primera. Y como dicen del maestro que toma para discípulo al que está ya mal enseñado, que tiene dos trabajos, uno en desarraigar lo malo y otro en plantar lo bueno, así Cristo, nuestro bien y Señor, hizo dos cosas en sí, para que hechas en sí, se hiciesen en nosotros los que estamos en El: una, para destruir nuestro espíritu malo, y otra, para criar nuestro espíritu bueno.

Para matar el pecado y para destruir el mal y el desorden de nuestro origen primero, murió El en persona de todos nosotros, y, cuanto es de su parte, en El recibimos todos muerte; así como estábamos todos en El, y quedamos muertos en nuestro Padre y cabeza, y muertos para nunca vivir más en aquella manera de ser y de vida. Porque, según aquella manera de vida pasible y que tenía imagen y representación de pecado, nunca tornó Cristo, nuestro *Padre* y cabeza, a vivir, como el Apóstol lo dice: *Si murió por el pecado, ya murió de una vez; si vive, vive ya a Dios.*

Y de esta primera muerte del pecado y del viejo hombre, que se celebró en la muerte de Cristo como general y como original para los demás, nace la fuerza de aquello que dice y arguye San Pablo, cuando, escribiendo a los romanos, les amonesta que no pequen y les extraña mucho el pecar, porque dice: *Pues ¿qué diremos? ¿Convendrá perseverar en el pecar para que se acreciente la gracia? En ninguna manera. Porque, los que morimos al pecado, ¿cómo se compadece que vivamos en él todavía?* Y después de algunas palabras, declarándose más: *Porque habéis de saber esto, que nuestro hombre viejo fué juntamente crucificado para que sea destruído el cuerpo del pecado, y para que no sirvamos más al pecado.* Que es como decirles que, cuando Cristo murió a la vida pasible y que tiene figura de pecadora, murieron ellos en El para todo lo que es esa manera de vida; por lo cual, que pues murieron allí a ella por haber muerto Cristo, y Cristo no tornó después a semejante vivir, si ellos están en El, y si lo que pasó en El eso mismo se hizo en ellos, no se compadece en ninguna manera que ellos quieran tornar a ser lo que, según que estuvieron en Cristo, dejaron de ser para siempre.

Y a esto mismo pertenece y mira lo que dice en otro lugar : *Así que, hermanos, vosotros ya estáis muertos a la ley por medio del cuerpo de Cristo.* Y poco después : *Lo que la ley no podía hacer, y en lo que se mostraba flaca por razón de la carne, Dios enviando a su Hijo en semejanza de carne de pecado, del pecado condenó el pecado en la carne.* Porque, como hemos ya dicho, y conviene que muchas veces se diga, para que repitiéndose se entienda mejor, procedió Cristo a esta muerte y sacrificio aceptísimo que se hizo de sí, no como una persona particular, sino como en persona de todo el linaje humano y de toda la vejez de él, y señaladamente de todos aquellos a quienes de hecho había de tocar el nacimiento segundo, los cuales por secreta unión del espíritu había puesto en sí y como sobre sus hombros ; y así, lo que hizo entonces en sí, cuanto es de su parte quedó hecho en todos nosotros.

Y que Cristo haya subido a la Cruz como persona pública y en la manera que digo, aunque está ya probado, pruébase más con lo que Cristo hizo y nos quiso dar a entender en el Sacramento de su Cuerpo, que debajo de las especies de pan y vino consagró, ya vecino a la muerte. Porque, tomando el pan y dándole a sus discípulos, les dijo de esta manera : *Este es mi cuerpo, el que será entregado por vosotros* ; dando claramente a entender que su cuerpo verdadero estaba debajo de aquellas especies, y que estaba en la forma que se había de ofrecer en la cruz, y que las mismas especies de pan y vino declaraban y eran como imagen de la forma en que se había de ofrecer. Y que así como el pan es un cuerpo compuesto de muchos cuerpos, esto es, de muchos granos que, perdiendo su primera forma, por la virtud del agua y del fuego, hacen un pan, así nuestro *pan de vida*, habiendo ayuntado a sí por secreta fuerza de amor y de espíritu la naturaleza nuestra, y habiendo hecho como un cuerpo de sí y de todos nosotros (de sí en realidad de verdad, y de los demás en virtud), no como una persona sola, sino como un principio que las contenía todas, se ponía en la cruz. Y que, como iba a la cruz abrazado con todos, así se encerraba en aquellas especies, para que ellas con su razón, aunque ponían velo a los ojos, alumbrasen nuestro corazón de continuo, y nos dijesen que contenían a Cristo debajo de sí; y que lo contenían no de cualquiera manera, sino de aquella como se puso en la cruz, llevándonos a nosotros en sí y hecho con nosotros, por espiritual unión, uno mismo, así como el pan, cuyas ellas fueron, era un compuesto hecho de muchos granos.

Así que aquellas unas y mismas palabras dicen juntamente dos cosas: Una: *Este*, que parece pan, *es mi cuerpo, el que será entregado por vosotros*. Otra: «Como el pan, que al parecer está aquí, así es mi cuerpo, que está aquí y que por vosotros será a la muerte entregado.» Y esto mismo, como en figura, declaró el santo mozo Isaac, que caminaba al sacrificio, no vacío, sino puesta sobre sus hombros la leña que había de arder en él. Porque cosa sabida es que, en el lenguaje secreto de la Escritura, el leño seco es imagen del pecador. Y, no más ni menos, en los machos cabríos que el *Levítico* sacrifica por el pecado, que fueron figura clara del sacrificio de Cristo, todo el pueblo pone primero sobre las cabezas de ellos las manos, porque se entienda que en este otro sacrificio nos llevaba a todos en sí nuestro Padre y cabeza.

Mas, ¿qué digo de los machos cabríos? Porque si buscamos imágenes de esta verdad, ninguna es más viva ni más cabal que el sumo pontífice de la ley vieja, vestido de pontifical para hacer sacrificio. Porque, como San Jerónimo dice, o por decir verdad, como el Espíritu Santo lo declara en el libro de la *Sabiduría*, aquel pontifical, así en la forma de él como en las partes de que se componía y en todas sus colores y cualidades, era como una representación de la universidad de las cosas; y el sumo sacerdote vestido de él era un mundo universo; y como iba a tratar con Dios por todos, así los llevaba todos sobre sus hombros. Pues de la misma manera Cristo, sumo y verdadero sacerdote, para cuya imagen servía todo el sumo sacerdocio pasado, cuando subió al altar de la cruz a sacrificar por nosotros, fué vestido de nosotros en la forma que dicho es, y sacrificándose a sí y a nosotros en sí, dió fin de esta manera a nuestra vieja maldad.

Hemos dicho lo que hizo Cristo para desarraigar de nosotros nuestro primer espíritu malo. Digamos ahora lo que hizo en sí para criar en nosotros el hombre nuevo y el espíritu bueno; esto es, para, después de muertos a la vida mala, tornarnos a la vida buena y para dar principio a nuestra segunda generación.

Por virtud de su divinidad, y porque según ley de justicia no tenía obligación a la muerte, por ser su naturaleza humana de su nacimiento inocente, no pudo Cristo quedar muerto muriendo; y como dice San Pedro, *no fué posible ser detenido de los dolores de la sepultura.* Y así resucitó vivo el día tercero; y resucitó, no en carne pasible y que tuviese representación de pecado, y que estuviese sujeta a trabajos como si tuviera pecado, que aquello murió en Cristo para jamás no vivir, sino en cuerpo incorruptible y glorioso y como engendrado por solas las manos de Dios.

Porque, así como en el primer nacimiento suyo en la carne, cuando nació de la Virgen, por ser su padre Dios, sin obra de hombre nació sin pecado ; mas por nacer de madre pasible y mortal, nació El semejantemente hábil a padecer y morir, asemejándose a las fuentes de su nacimiento, a cada una en su cosa ; así en la resurrección suya, que decimos ahora, la cual la Sagrada Escritura también llama nacimiento o generación, como en ella no hubo hombre que fuese padre ni madre, sino Dios solo que la hizo por sí y sin ministerio de alguna otra causa segunda, salió todo como de mano de Dios, no sólo puro de todo pecado, sino también de la imagen de él ; esto es, libre de pasibilidad y de la muerte, y juntamente dotado de claridad y de gloria. Y como aquel cuerpo fué reengendrado solamente por Dios, salió con las cualidades y con los semblantes de Dios, cuanto le son a un cuerpo posibles. Y así se precia Dios de este hecho como de hecho solamente suyo. Y así dice en el Salmo : *Yo soy el que hoy te engendré.*

Pues decimos ahora que de la manera que dió fin a nuestro viejo hombre muriendo, porque murió El por nosotros y en persona de nosotros, que por secreto misterio nos contenía en sí mismo, no como nuestro Padre y cabeza : por la misma razón, *tornando El a vivir renació con El nuestra vida.* Vida llamo aquí la de justicia y de espíritu, la cual comprende no solamente el principio de la justicia, cuando el pecador, que era, comienza a ser justo, sino el crecimiento de ella también, con todo su proceso y perfección, hasta llegar el hombre a la inmortalidad del cuerpo y a la entera libertad del pecado. Porque cuando Cristo resucitó, por el mismo caso que El resucitó, se principió todo esto en los que estábamos en El como en nuestro principio.

Y así lo uno como lo otro lo dice breve y significantemente San Pablo, diciendo: *Murió por nuestros delitos y resucitó por nuestra justificación*. Como si más extendidamente dijera: Tomónos en sí, y murió como pecador para que muriésemos en El los pecadores; y resucitó a vida eternamente justa e inmortal y gloriosa, para que resucitásemos nosotros en El a justicia y a gloria y a inmortalidad. Mas ¿por ventura no resucitamos nosotros con Cristo? El mismo Apóstol lo diga: *Y nos dió vida*, dice hablando de Dios, *juntamente con Cristo, y nos resucitó con El, y nos asentó sobre las cumbres del cielo*. De manera que lo que hizo Cristo en sí y en nosotros, según que estábamos entonces en El, fué esto que he dicho.

Pero no por eso se ha de entender que por esto sólo quedamos de hecho y en nosotros mismos ya nuevamente nacidos y otra vez engendrados, muertos al viejo pecado y vivos al espíritu del cielo y de la justicia, sino allí comenzamos a nacer, para nacer de hecho después. Y fué aquello como el fundamento de este otro edificio. Y, para hablar con más propiedad, del fruto noble de justicia y de inmortalidad que se descubre en nosotros, y se levanta y crece y traspasa los cielos, aquéllas fueron las simientes y las raíces primeras; porque así como, no embargante que cuando pecó Adán, todos pecamos en él y concebimos espíritu de ponzoña y de muerte, para que de hecho nos inficione el pecado y para que este mal espíritu se nos infunda, es menester

171

que también nosotros nazcamos de Adán por orden natural de genración; así, por la misma manera, para que de hecho en nosotros muera el espíritu de la culpa y viva el de la gracia y el de la justicia, no basta aquel fundamento y aquella semilla y origen; ni con lo que fué hecho en nosotros en la persona de Cristo, con eso, sin más hacer ni entender en las nuestras, somos ya en ellas justos y salvos, como dicen los que desatinan ahora; sino es menester que de hecho nazcamos de Cristo, para que por este nacimiento actual se derive a nuestras personas y se asiente en ellas aquello mismo que ya se principió en nuestra origen. Y aunque usemos de una misma semejanza más veces, como la espiga, aunque está cual ha de ser en el grano, para que tenga en sí aquello que es y sus cualidades todas y sus figuras, le conviene que con la virtud del agua y del sol salga del grano naciendo; asimismo también, no comenzaremos a ser en nosotros cuales en Cristo somos, hasta que de hecho nazcamos de Cristo.

Mas preguntará por caso alguno: ¿En qué manera naceremos, o cuál será la forma de esta generación? ¿Habemos de tornar al vientre de nuestras madres de nuevo, como, maravillado de esta nueva doctrina, preguntó Nicodemus, o, vueltos en tierra o consumidos en fuego, naceremos, como el ave fénix, de nuestras cenizas?

Si este nacimiento nuevo fuera nacer en carne y sangre, bien fuera necesaria alguna de estas maneras; mas, como es nacer en espíritu, hácese con espíritu y con secreta virtud. *Lo que nace de la carne*, dice Cristo en este mismo propósito, *carne es; y lo que nace del espíritu, espíritu es*. Y así lo que es espíritu ha de nacer por orden y fuerza de espíritu. El cual celebra esta generación en esta manera.

Cristo, por la virtud de su espíritu, pone en efecto actual en nosotros aquello mismo que comenzamos a ser en El, y que El hizo en sí para nosotros; esto es, *pone muerte a nuestra culpa*, quitándola del alma. Y aquel fuego ponzoñoso que la sierpe inspiró en nuestra carne, y que no solicita a la culpa, amortíguale y pónele freno ahora, para después en el último tiempo matarle del todo; y pone también simiente de vida, y como si dijésemos, un grano de su espíritu y gracia que, encerrado en nuestra alma y siendo cultivado como es razón, vaya después creciendo por sus términos y tomando fuerzas y levantándose hasta llegar a la medida, como dice San Pablo *de varón perfecto*. Y poner Cristo en nosotros, esto es, nosotros nacer de Cristo en realidad y verdad.

Mas está en la mano la pregunta y la duda. ¿Pone por ventura Cristo en todos los hombres esto, o pónelo en todas las sazones y tiempos? O ¿en quién y cuándo lo pone? Sin duda no lo pone en todos ni en cualquiera forma y manera, sino sólo en los que nacen de El. Y nacen de El los que se bautizan; y en aquel sacramento se celebra y pone en obra esta generación. Por manera que, tocando al cuerpo el agua visible, y obrando en lo secreto la virtud de Cristo invisible, nace el *nuevo Adán*, quedando muerto y sepultado el antiguo. En el cual, como en todas las cosas, guardó Dios el camino seguido y llano de su Providencia.

Porque así como para que el fuego ponga en un madero su fuego, esto es, para que el madero nazca fuego encendido, se avecina primero al fuego el madero, y con la vecindad se le hace semejante en las cualidades que recibe en sí de sequedad y calor, y crece en esta semejanza hasta llegarla a su punto, y luego el fuego se lanza en él y le da su forma ; así, para que Cristo ponga e infunda en nosotros, de los tesoros de bienes y vida que atesoró muriendo y resucitando, la parte que nos conviene, y para que nazcamos *Cristos*, esto es, como sus hijos, ordenó que se hiciese en nosotros una representación de su muerte y de su nueva vida ; y que de esta manera, hechos semejantes a El, El, como en sus semejantes, influyese de sí lo que responde a su muerte y lo que responde a su vida. A su muerte responde el borrar y el morir de la culpa ; y a su resurrección, la vida de gracia. Porque el entrar en el agua y el sumirnos en ella, es, como ahogándonos allí, quedar sepultados, como murió Cristo y fué en la sepultura puesto, como lo dice San Pablo : *En el bautismo sois sepultados y muertos juntamente con El.* Y, por consiguiente y por la misma manera, el salir después del agua es como salir del sepulcro viviendo.

Pues a esta representación responde la verdad juntamente ; y asemejándonos a Cristo en esta manera, como en materia y sujeto dispuesto, se nos infunde luego el buen espíritu, y nace Cristo en nosotros ; y la culpa, que como en origen y en general destruyó con su muerte, destrúyela entonces en particular en cada uno de los que mueren en aquella agua sagrada. Y, la vida de todos, que resucitó en general con su vida, pónela también en cada uno y en particular cuando, saliendo del agua, parece que resucitan. Y así, en aquel hecho juntamente hay representación y verdad : lo que parece por de fuera es representación de muerte y de vida ; mas lo que pasa en secreto, es verdadera vida de gracia y verdadera muerte de culpa.

Y si os place saber, pudiendo esta representación de muerte ser hecha por otras muchas
maneras, por qué entre todas escogió Dios esta
del agua, conténtame mucho lo que dice el glorioso mártir Cipriano. Y es que la culpa que
muere en esta imagen de muerte, es culpa que
tiene ingenio y condición de ponzoña, como la
que nació de mordedura y de aliento de sierpe ; y
cosa sabida es que la ponzoña de las sierpes se
pierde en el agua, y que las culebras, si entran en
ella, dejan su ponzoña primero. Así que morimos
en agua para que muera en ella la ponzoña de
nuestra culpa, porque en el agua muere la ponzoña naturalmente.

Y esto es en cuanto a la muerte que allí se celebra ; pero en cuanto a la vida, es de advertir que,
aunque la culpa muere del todo, pero la vida que
se nos da allí no es del todo perfecta. Quiero
decir que no vive luego en nosotros el *hombre
nuevo*, cabal y perfecto, sino vive como la razón
del segundo nacimiento lo pide, como niño flaco
y tierno. Porque no pone luego Cristo en nosotros
todo el ser de la nueva vida que resucitó con El,
sino pone, como dijimos, un grano de ella y una
pequeña semilla de su espíritu y de su gracia,
pequeña, pero eficacísima, para que viva y se
adelante, y lance del alma las reliquias del *viejo
hombre* contrario suyo, y vaya pujando y extendiéndose hasta apoderarse de nosotros del todo,
haciéndonos perfectamente dichosos y buenos.

Mas, ¡cómo es maravillosa la sabiduría de
Dios, y cómo es grande la orden que pone en las
cosas que hace, trabánadolas todas entre sí y
templándolas por extraña manera ! En la filosofía se suele decir que como nace una cosa, por la
misma manera crece y se adelanta. Pues lo
mismo guarda Dios en este nuevo hombre y en

este grano de espíritu y de gracia, que es semilla de nuestra segunda y nueva vida. Porque así como tuvo principio en nuestra alma, cuando por la representación del bautismo nos hicimos semejantes a Cristo, así crece siempre y se adelanta cuando nos asemejamos más a El, aunque en diferente manera. Porque para recibir el principio de esta vida de gracia le fuimos semejantes por representación, porque por verdad no podíamos ser sus semejantes antes de recibir esta vida; mas para el acrecentamiento de ella conviene que le remedemos con verdad en las obras y hechos.

Y va, así en esto como en todo lo demás que arriba dijimos, este nuevo hombre y espíritu respondidamente contraponiéndose a aquel espíritu viejo y perverso. Porque, así como aquél se diferenciaba de la naturaleza de nuestra sustancia en que, siendo ella hechura de Dios, él no tenía nada de Dios, sino era todo hechura del demonio y del hombre, así este buen espíritu todo es de Dios y de Cristo. Y así como allí hizo el primer padre, obedeciendo al demonio, aquella con lo que él y los que estábamos en él quedamos perdidos; de la misma manera aquí padeció Cristo, nuestro *Padre* segundo, obedeciendo a Dios; con lo que en El y por El, los que estamos en El, nos hemos cobrado. Y así como aquél dió fin al vivir que tenía y principio al morir, que mereció por su mala obra, así éste por su divina paciencia dió muerte a la muerte y tornó a vida la vida. Y así como lo que aquél traspasó no lo quisimos de hecho nosotros, pero por estar en él como en padre, fuimos vistos quererlo, así lo que padeció e hizo Cristo para bien de nosotros, si se hizo y padeció sin nuestro querer, pero no sin lo que en virtud era nuestro querer, por razón de la unión y virtud que está dicha. Y como aquella ponzoña, como arriba dijimos, nos tocó e inficionó por dos diferentes maneras, una en general y en virtud cuando estábamos en Adán todos generalmente encerrados, y otra en particular y en expresa verdad cuando comenzamos a vivir en nosotros mismos, siendo engendrados ; así esta virtud y gracia de Cristo, como hemos declarado arriba también, nos calificó primero en general y en común, según fuimos vistos estar en El por ser nuestro *Padre* ; y después, de hecho y en cada uno por sí, cuando comienza cada uno a vivir en Cristo, naciendo por el bautismo.

Y por la misma manera, así como al principio, cuando nacemos, incurrimos en aquel daño y gran mal, no por nuestro merecimiento propio, sino por lo que la cabeza, que nos contenía, hizo en sí mismo ; y, si salimos del vientre de nuestras madres culpados, no nos forjamos la culpa nosotros antes que saliésemos de él ; así cuando primeramente nacemos en Cristo, aquel espíritu suyo que en nosotros comienza a vivir no es obra ni premio de nuestros merecimientos.

Y conforme a esto, y por la misma forma y manera, como aquella ponzoña, aunque nace al principio en nosotros sin nuestro propio querer, pero después, queriendo nosotros usar de ella y obrar conforme a ella y seguir sus malos siniestros e inclinaciones, la acrecentamos y hacemos peor por nuestras mismas mañas y obras ; y aunque entró en la casa de nuestra alma, sin que por su propia voluntad ninguno de nosotros le abriese la puerta, después de entrada, por nuestra mano y guiándola nosotros mismos, se lanza por toda ella y la tiraniza y la convierte en sí misma en una cierta manera ; así esta vida nuestra y este espíritu que tenemos de Cristo, que se nos da al principio sin nuestro merecimiento, si después de recibido, oyendo su inspiración y no resistiendo a su movimiento, seguimos su fuerza, con eso mismo que obramos siguiéndole lo acrecentamos y hacemos mayor; y con lo que nace de nosotros y de él, merecemos que crezca él en nosotros.

Y como las obras que nacían del espíritu malo eran malas ellas en sí, y acrecentaban y engrosaban y fortalecían ese mismo espíritu de donde nacían, así lo que hacemos, guiados y alentados con esta vida que tenemos de Cristo, ello en sí es bueno y delante de los ojos de Dios agradable y hermoso, y merecedor de que por ello suba a mayor grado de bien y de pujanza el espíritu de do tuvo origen.

Aquel veneno asentado en el hombre, y perseverando y cundiendo por él poco a poco, así le contamina y le corrompe, que le trae a muerte perpetua. Esta salud, si dura en nosotros, haciéndose de cada día más poderosa y mayor, nos hace sanos del todo. De arte que, siguiendo nosotros el movimiento del espíritu con que nacemos, el cual, lanzado en nuestras almas, las despierta e incita a obrar conforme a quien él es y al origen de donde nace, que es Cristo; así que, obrando aquello a que este espíritu y gracia nos mueve, somos en realidad de verdad semejantes a Cristo, y cuanto más así obráremos, más semejantes. Y así, haciéndonos nosotros vecinos a El, El se avecina a nosotros y merecemos que se infunda más en nosotros y viva más, añadiendo al primer espíritu más espíritu, y a un grado otro mayor, acrecentando siempre en nuestras almas la semilla de vida que sembró, y haciéndola mayor y más esforzada, y descubriendo su virtud más en nosotros; que obrando conforme al movimiento de

Dios y caminando con largos y bien guiados pasos por este camino, merecemos ser más hijos de Dios, y de hecho lo somos.

Y los que, cuando nacimos en el bautismo, fuimos hechos semejantes a Cristo en el ser de gracia antes que en el obrar, esos que, por ser ya justos, obramos como justos, esos mismos, haciéndonos semejantes a El en lo que toca al obrar, crecemos merecidamente en la semejanza del ser. Y el mismo espíritu que despierta y atiza a las obras, con el mérito de ellas crece y se esfuerza, y va subiendo y haciéndose señor de nosotros y dándonos más salud y más vida, y no pára hasta que en el tiempo último nos la dé perfecta y gloriosa, habiéndonos levantado del polvo.

Y como hubo dicho esto Marcelo, callóse un poco y luego tornó a decir :

—Dicho he cómo nacemos de Cristo, y la necesidad que tenemos de nacer de El y el provecho y misterio de este nacimiento ; y de un abismo de secretos que acerca de esta generación y parentesco divino en las Sagradas Letras se encierra, he dicho lo poco que alcanza mi pequeñez, habiendo tenido respeto al tiempo y a la ocasión, y a la calidad de las cosas que son delicadas y oscuras.

Ahora, como saliendo de entre estas zarzas y espinas a campo más libre, digo que ya se conoce bien cuán justamente Isaías da nombre de *Padre* a Cristo y le dice que es *Padre del siglo futuro*, entendiendo por este *siglo* la generación nueva del hombre y los hombres engendrados así, y los largos y no finibles tiempos en que ha de perseverar esta generación. Porque el siglo presente, el cual, en comparación del que llama Isaías venidero, se llama *primer siglo*, que es el vivir de los que nacemos de Adán, comenzó con Adán y se ha de rematar y cerrar con la vida de sus descendientes postreros, y en particular no durará en ninguno más de lo que él durare en esta vida presente. Mas el *siglo segundo*, desde Abel, en quien comenzó, extendiéndose con el tiempo, y cuando el tiempo tuviere su fin, reforzándose él más, perseverará para siempre.

Y llámase *siglo futuro*, dado que ya es en muchos presente; y cuando le nombró el Profeta lo era también, porque comenzó primero el otro siglo mortal. Y llámase *siglo* también, porque es otro mundo por sí, semejante y diferente de este otro mundo viejo y visible; porque, de la manera que cuando produjo Dios el hombre primero hizo cielos y tierra y los demás elementos, así en la creación del hombre segundo y nuevo, para que todo fuese nuevo como él, hizo en la Iglesia sus cielos y tierra, y vistió a la tierra con frutos y a los cielos con estrellas y luz.

Y lo que hizo en aquesto visible, eso mismo ha obrado en lo nuevo invisible, procediendo en ambos por unas mismas pisadas; como lo debujó, cantando divinamente, David en un Salmo, y es dulcísimo y elegantísimo Salmo. Adonde por unas mismas palabras, y como con una voz, cuenta, alabando a Dios, la creación y gobernación de estos dos mundos; y diciendo lo que se ve, significa lo que se esconde, como San Agustín lo descubre, lleno de ingenio y de espíritu. Dice: *Que extendió los cielos Dios como quien despliega tienda de campo; y que cubrió los sobrados de ellos con aguas, y que ordenó las nubes, y que en ellas, como en caballos, discurre volando sobre las alas del aire, y que le acompañan los truenos y los relámpagos y el torbellino.*

Aquí ya vemos cielos y vemos nubes, que son

aguas espesadas y asentadas sobre el aire tendido, que tiene nombre de cielo; oímos también el trueno a su tiempo y sentimos el viento que vuela y que brama, y el resplandor del relámpago nos hiere los ojos; allí, esto es, en el nuevo mundo e Iglesia, por la misma manera, los cielos son los Apóstoles y los sagrados Doctores y los demás Santos, altos en virtud y que influyen virtud; y su doctrina en ellos son las nubes, que derivada en nosotros, se torna en lluvia. En ella anda Dios y discurre volando, y con ella viene el soplo de su espíritu y el relámpago de su luz y el tronido y el estampido, con que el sentido de la carne se aturde.

Aquí, como dice prosiguiendo el Salmista, fundó Dios la tierra sobre cimientos firmes, adonde permanece y nunca se mueve; y como primero estuviese anegada en la mar, mandó Dios que se apartasen las aguas, las cuales, obedeciendo a esta voz, se apartaron a su lugar adonde guardan continuamente su puesto; y luego que ellas buyeron, la tierra descubrió su figura humilde en los valles y soberana en los montes. Allí el cuerpo firme y macizo de la Iglesia, que ocupó la redondez de la tierra, recibió asiento por mano de Dios en el fundamento no mudable, que es Cristo, en quien permanecerá con eterna firmeza. En su principio la cubría y como anegaba la gentilidad, y aquel mar grande y tempestuoso de tiranos y de ídolos la tenían casi sumida; mas sacóla Dios a luz con la palabra de su virtud, y arredró de ella la amargura y violencia de aquellas obras, y quebrólas todas en la flaqueza de una arena menuda, con lo cual descubrió su forma y su concierto la Iglesia, alta en los obispos y ministros espirituales, y en los fieles legos humildes, humilde. Y como dice

David, *subieron sus montes y parecieron en lo hondo sus valles*.

Allí, como aquí, conforme a lo que el mismo Salmo prosigue, *sacó Dios venas de agua de los cerros* de los altos ingenios que, entre dos sierras, sin declinar al extremo, siguen lo igual de la verdad y lo medio derechamente ; en ellas se bañan las aves espirituales, y en los frutales de virtud que florecen de ellas y junto a ellas, cantan dulcemente asentadas. Y no sólo las aves se bañan aquí, mas también los otros fieles, que tienen más de tierra y menos de espíritu, si no se bañan en ellas, a lo menos *beben de ellas y quebratan su sed*.

El mismo, como en el mundo, así en la Iglesia, *envía lluvias* de espirituales bienes del cielo ; y caen primero *en los montes*, y de allí, juntas en arroyos y descendiendo, *bañan los campos*. *Con ellas crece* para los más rudos, así como para las bestias, *su heno* ; y a los que viven con más razón, *de allí les nace su mantenimiento. El trigo que fortifica, y el olio que alumbra, y el vino que alegra*, y todos los dones del ánimo con esta lluvia florecen. Por ella los yermos desiertos *se vistieron* de religiosas *hayas y cedros* ; y esos mismos cedros con ella se vistieron de verdor y de fruto, y dieron *en sí reposo*, y dulce y saludable *nido a los que volaron* a ellos huyendo del mundo. Y no sólo proveyó Dios de nido a aquestos huidos, mas para cada un estado de los demás fieles hizo *sus* propias *guaridas*. Y como en la tierra los *riscos son para las cabras* monteses, *y los conejos tienen sus viveras entre las peñas*, así acontece en la Iglesia.

En ella luce la *luna* y luce *el sol* de justicia, y *nace y se pone a veces*, ahora en los unos y ahora en los otros ; y tiene también *sus noches* de tiempos duros y ásperos, en que la *violencia* sangrienta de los *enemigos fieros halla su sazón para salir y bramar y para ejecutar su fiereza* ; mas también a las noches sucede en ella después el aurora, y *amanece después, y encuévase con la luz la malicia*, y la razón y la virtud resplandece.

¡Cuán grande son tus grandezas, Señor ! Y como *nos admiras con esta orden* corporal y *visible*, mucho más nos pones en admiración con el espiritual e invisible.

No falta allí también otro *océano*, ni es de más cortos brazos ni de más angostos senos que es éste, que ciñe por todas partes la tierra ; cuyas aguas, aunque son fieles, son, no obstante eso, aguas amargas y carnales y movidas tempestuosamente de sus violentos deseos ; *cría peces sin número*, y la *ballena* infernal se espacia por él. El él y por él *van mil navíos*, mil gentes aliviadas del mundo, y como cerradas en la nave de su secreto y santo propósito. Mas, ¡dichosos aquellos que llegan salvos al puerto !

Todos, Señor, *viven por tu liberalidad y largueza* ; mas, como en el mundo, así en la Iglesia, escondes y como encoges, cuando te parece, la mano ; y el alma en faltándole tu amor y tu espíritu, *vuélvese en tierra*. Mas, si nos dejas caer para que nos conozcamos, para que te alabemos y celebremos, después *nos renuevas*. Así vas criando y gobernando y perfeccionando tu Iglesia hasta llegarla a lo último, cuando consumida toda la liga del viejo metal, la saques toda junta pura y luciente y verdaderamente nueva del todo.

Cuando viniere este tiempo (¡ay amable y bienaventurado tiempo, y no tiempo ya, sino eternidad sin mudanza !), así que, cuando viniere, la *arrogante soberbia de los montes, estremeciéndose, vendrá por el suelo ; y desaparecerá hecha humo,*

183

obrándolo tu Majestad, toda la pujanza y deleite y sabiduría mortal ; y sepultarás en los abismos, juntamente con esto, a la tiranía ; y el reino de la tierra nueva será de los tuyos. Ellos *cantarán entonces de continuo tus alabanzas, y a Ti el ser alabado por esta manera te será cosa agradable.* Ellos vivirán en Ti, y Tú vivirás en ellos dándoles riquísima y dulcísima vida. Ellos serán reyes, y Tú Rey de reyes. Serás Tú en ellos todas las cosas, y reinarás para siempre.

Y dicho esto, Marcelo calló. Y Sabino dijo luego :

—Este Salmo en que, Marcelo, habéis acabado, vuestro amigo le puso también en verso ; y por no romperos el hilo, no os lo quise acordar. Mas pues me disteis este oficio, y vos le olvidasteis, decirle he yo, si os parece.

Entonces Marcelo y Juliano juntos respondieron que les parecía muy bien, y que luego le dijese. Y Sabino, que era mancebo, así en el alma como en el cuerpo muy compuesto y de pronunciación agradable, alzando un poco los ojos al cielo y lleno el rostro de espíritu, con templada voz dijo de esta manera :

Alaba, ¡oh alma !, a Dios ; Señor, tu alteza,
  ¿qué lengua hay que la cuente ?
Vestido estás de gloria y de belleza
  y luz resplandeciente.

Encima de los cielos desplegados
  al agua diste asiento ;
las nubes son tu carro, tus alados
  caballos son el viento.

Son fuego abrasador tus mensajeros,
  y trueno y torbellino :
las tierras sobre asientos duraderos
  mantienes de contino.

Los mares las cubrían de primero,
   por cima los collados ;
mas visto de tu voz el trueno fiero,
   huyeron espantados.

Y luego los subidos montes crecen,
   humíllanse los valles ;
si ya entre sí hinchados se embravecen,
   no pasarán las calles ;

Las calles que les diste y los linderos,
   ni anegarán las tierras ;
descubres minas de agua en los oteros,
   y corre entre las sierras.

El gamo y las salvajes alimañas
   allí la sed quebrantan ;
las aves nadadoras allí bañas,
   y por las ramas cantan.

Con lluvia el monte riegas de tus cumbres,
   y das hartura al llano.
Así das heno al buey, y mil legumbres
   para el servicio humano.

Así se espiga el trigo y la vid crece
   para nuestra alegría ;
La verde oliva así nos resplandece,
   y el pan da valentía.

De allí se viste el bosque y la arboleda
   y el cedro soberano,
adonde anida la ave, adonde enreda
   su cámara el milano.

Los riscos a los corzos dan guarida,
   al conejo la peña.
Por Ti nos mira el sol, y su lucida
   hermana nos enseña.

Los tiempos. Tú nos das la noche escura
   en que salen las fieras ;
el tigre, que ración con hambre dura
   te pide y voces fieras.

Despiertas el aurora, y de consuno
   se van a sus moradas.
Da el hombre a su labor, sin miedo alguno,
   las horas situadas.

¡Cuán nobles son tu hechos, y cuán llenos
de tu Sabiduría !
Pues ¿quién dirá el gran mar, sus anchos senos,
y cuantos peces cría ;

Las naves que en él corren, la espantable
ballena que le azota ?
Sustento esperan todos saludable
de Ti, que el bien no agota.

Tomamos, si Tú das ; tu larga mano
nos deja satisfechos ;
si huyes, desfallece el ser liviano,
quedamos polvo hechos.

Mas tornará tu soplo, y, renovado,
repararás el mundo.
Será sin fin tu gloria, y Tú, alabado
de todos sin segundo.

Tú, que los montes ardes si los tocas,
y al suelo das temblores ;
cien vidas que tuviera y cien mil bocas
dedico a tus loores.

Mi voz te agradará, y a mí este oficio
será mi gran contento.
No se verá en la tierra maleficio
ni tirano sangriento.

Sepultará el olvido su memoria ;
tú, alma, a Dios da gloria.

Como acabó Sabino aquí, dijo Marcelo luego :
—No parece justo, después de un semejante
fin, añadir más. Y pues Sabino ha rematado tan
bien nuestra plática, y hemos ya platicado asaz y
largamente, y el sol parece que por oírnos, levantado sobre nuestras cabezas, nos ofende ya, sirvamos a nuestra necesidad ahora reposando un
poco ; y a la tarde, caída la siesta, de nuestro
espacio, sin que la noche aunque sobrevenga lo
estorbe, diremos lo que nos resta.
—Sea así—dijo Juliano.
Y Sabino añadió :

—Y yo sería de parecer que se acabase este sermón en aquel soto e isleta pequeña que el río hace en medio de sí, y que de aquí se parece. Porque yo miro hoy al sol con ojos que, si no es aquél, no nos dejará lugar que de provecho sea.

—Bien habéis dicho—respondieron Marcelo y Juliano— ; y hágase como decís.

Y con esto, puesto en pie Marcelo, y con él los demás, cesó la plática por entonces.

FIN DEL LIBRO PRIMERO

ÍNDICE

Fray Luis de Leon 7
Aprobación 11
Licencia 11
Decicatoria 12

Introducción 21
De los nombres en general 25
Pimpollo 43
Faces de dios 65
Camino 81
Pastor 95
Monte 117
Padre del siglo futuro 141

IMPRESO EN CEE
P/199-94 – Deposito légal, Septiembre 1994